歷代全集叢刊／張印棟主編

歐陽文忠公全集十八種附一種

（第五册）

（宋）歐陽修 撰

河南人民出版社

記

河南府重脩使院記

郡府統理民務調發賦稅稽功會事事無不舉代君理物政教繫之漢承秦餘精意牧民之官置部刺史以督察出御史以監掌之太守二千石莫不盡誠率下奉上李唐酌用舊典使天下以大權小故有州有府刺史專守理所大鎮觀察旁郡後增置胥吏史以總治諸州繩寬刺善理務詳焉府之有使院也厥惟尚矣皇朝政教清明制度適中雖鎮守自占總領委

于均輸帷使幕置吏用而不華洛都天下之儀表提封萬井隸縣十九王事浩穰百倍他邑而典史之局甚陋不稱彭城相居守之明年若曰政教之廢興出于是官吏之緩猛繫于是義不可忽始謀新之乃度地於府之西偏斥大其舊居列司存整梽牒以圖經文之制夏其月工徒告成制作雖壯不踰矩官司雖冗褻其方君子謂是舉也得爲政之本焉烏有端其本而末不正者哉宜乎書厥旨以示方來且誌歲月也

河南府重修淨垢院記

河南自古天子之都，王公、戚里、富商、大姓處其地，喜於事佛者往往割脂田沐邑貨布之贏奉祠宇，爲莊嚴，故浮圖氏之居與侯家主第之樓臺屋瓦高下相望於洛水之南北，若奕綦然。及汴建廟社，稱京師，河南空而不都，貴人大賈廢散，浮圖之奉養亦衰，歲壞月隳，其居多不克完，與夫遊臺釣池並爲榛蕪者，十有八九。淨垢院在洛北，廢最甚，無刻識（一作若），不知誰氏之爲，獨榜其梁曰長興四年建。丞相彭城錢公來鎮洛之明年，禱雨九龍祠下，過之，歎其空，且呼主藏者給緡錢二十萬，洛陽知縣李宋卿幹而輯焉。於是規其廣而小之即其舊而新之即舊焉所以速於集工損小焉所以易於完修一作守易壞補闕三十六間工既畢宋鄉頤刻於石以紀夫修舊起廢由彭城公賜也且誌其復興之之一無此字歲月云從事歐陽脩遂爲一無二字記

陳氏榮鄉亭記

什邡漢某縣戶若千可征役者家若千任里胥給吏事又若干其豪又若千縣大以饒吏與民尤驁惡猾驕善貸法爲蠹孽中州之人凡仕宦之蜀者皆遠客孤寓思歸以苟滿歲脫過失得去爲幸居官既不久

又不究知其俗常不暇剗剔已輒易去而縣之大吏皆宿老其事根堅宂深爲其長者非甚明鋭難卒攻破故一縣之政吏常把持而上下之然其特不喜秀才儒者以能接見官府知己短長以讒之爲己病也每儒服持謁嚮縣門者吏輒坐門下嘲咻詈罵辱之俾慙以去甚則陰用里人無賴苦之羅中以法期必破壞之而後已民既素饒樂鄉里不急禄仕又苦吏之所爲故未嘗有儒其業與服以游者甚好學者不過專一經工歌詩優游自養爲鄉丈人而已比年蜀之士人以進士舉試有司者稍稍增多而什邡獨絶

少陳君什邡之鄉丈人有賢子曰巖夫巖夫幼喜讀書爲進士力學甚有志然亦未嘗敢儒其衣冠以謁縣門出入閭閈必鄉其服鄉人莫知其所爲也已而州下天子詔書索鄉舉秀才巖夫始改衣詣門應詔一作書吏方相驚然莫能爲也既州試之送禮部將行陳君戒且約曰嘻吾知惡進士之病已而不知可以爲榮君行達得選於有司吾將有以旌志之使榮吾鄉以勸也於是呼工理材若將搆築者明年巖夫中丙科以歸陳君成是亭與鄉人宴其下縣之吏悔且歎曰陳氏有善子而吾鄉有才進士豈不榮邪巖夫

初爲伊闕縣主簿時予爲西京留守推官嘗語予如此欲予之志之也巖夫爲縣吏材而有內行不求聞知於上官而上官薦用下吏之能者歲無員數然卒亦不及噫巖夫爲鄉進士而鄉人始不知之卒能榮之爲下吏有可進之勢而不肯一鬻所長以干其上其守道自修可知矣陳君有子如此亦賢丈人也予既友巖夫恨不一登是亭往拜陳君之下且以識彼邦之長者也又嘉巖夫之果能榮是鄉也因以命名其亭且志之也其年月歐陽脩記

明因大師塔記

明因大師道詮姓衛氏并州文水縣民家子生於太平興國辛巳之歲終於明道癸酉之正月壽五十有三年始爲童子辭家人入洛陽妙覺禪院依真行大師惠璿學浮圖法咸平五年始去氏削髮入僧籍後二十四年賜紫衣遂主其衆又四年賜號明因兼領右街教門事凡爲僧三十有一年卒之明年其徒以骨葬城南龍門山下始道詮未死時予過其廬問其年幾何曰五十有二矣問其何許人也曰本太原農家也因與語曰詩唐風言晉本唐之俗其民被堯之德化且詩多以儉刺然其勤生以儉嗇朴厚而純固

最得古之遺風今能言其土風乎其民俗何若信若詩之所謂乎詩去今餘千歲矣猶若詩之時乎其亦隨世而遷變也曰樹麻而衣陶瓦而食築土而室甘辛若薄滋味歲耕日積有餘則窖而藏之率千百年不輒發其勤且儉誠有古之遺風至今而不變也又言爲兒時聞長老語晉自春秋爲盛國至唐基并以興世爲北京及朱氏有中土後唐倚并爲雄亦卒以王既而晉祖又以王漢又以王遭時之故相次出三天子劉崇父子又自爲國故民熟兵鬬鑲軍死戰勞苦幾百年不得息既而聖人出四方次第平一日兵

臨城門條繼元以歸并民然後被政教棄兵専農休息勞苦爲太平之幸人并平後二歳我始生幼又依浮圖生不見干戈長不執耒耜衣不麻食不耘室不土力不穡而休乃并人之文幸者也今老矣且病即死無恨予愛其語朴而詳他日復過其廬莫見也訪之曰死矣爲之惻然及其葬其徒有求予誌其始終者因并書其常語予者志歳月云爾

叢翠亭記

九州皆有名山以爲鎮而洛陽天下中周營（一作宮）漢都自古常（一作皆）以王者制度臨四方宜其山川之勢

雄深偉麗以壯萬邦之所瞻由都城而南以東山之近者闕塞萬安轘轅緱氏以連嵩室（一作少）首尾盤屈踰百里從城中因高以望之衆山靡迤或見或否惟嵩最遠最（一作而）獨出其嶄巖聳秀挺立諸峯上而不可掩蔽蓋其名在祀典與四嶽俱備天子廵狩望祭其秩甚尊則其高大殊傑當然城中可以望而見者若廵檢署之居洛北者爲尤高廵檢使內殿崇班李君始入其署即相其西南隅而增築之治（一作爲）亭於上敞其南北嚮以望焉見山之連者峯者岫者駱驛（二字或從系）聯亘卑相附高相摩亭然起崒然止來而向

去而背顙崖怪壑若奔若蹲若鬭若倚世所傳嵩陽三十六峯者皆可以坐而數之因取其蒼翠叢列之狀遂以叢翠名其亭亭成李君與賓客以酒食登而落之其古所謂居高明而遠眺望者歟既而欲紀其始造之歲月因求脩辭而刻之云

非非堂記

權衡之平物動則輕重差其於静也錙銖不失水之鑒物動則不能有睹其於静也毫髮可辨在乎人耳司聽目司視動則亂於聰明其於静也聞見必審處身者不爲外物眩晃而動則其心静心静則智識明

是是非非無所施而不中夫是是近乎諂非非近乎訕不幸而過寧訕無諂是者君子之常是之何加一以觀之未若非非之爲正也予居洛之明年既新廳事有文紀于壁末營其西偏作堂户北嚮植叢竹闢户於其南納日月之光設一几一榻架書數百卷朝夕居其中以其静也閉目澄心覽今照古思慮無所不至焉故其堂以非非爲名云

遊大字院記

六月之庚金伏火見往往暑虹晝明驚雷破柱鬱雲蒸雨斜風酷熱非有清勝不可以消煩炎故與諸君

予有普明後園之遊，春笋解籜，夏潦漲渠，引流穿林，命席當水，紅薇始開，影照波上，折花弄流，銜觴對弈，非有清吟嘯歌，不足以開歡情，故與諸君子有避暑之詠。太素最少飲，詩獨先成，坐者欣然繼之。日斜酒歡，不能徧以詩寫，獨留名於壁而去。他日語且道之，拂塵視壁，某人題也。同共索舊句，揭之于版，以致一時之勝，而爲後會之尋云。

李秀才東園亭記

脩交李公佐，有亭在其居之東園，今年春以書抵洛，命脩志之。李氏世家隨。隨，春秋時稱漢東大國。魯桓之後是始盛隨近之常與爲鬬國相勝敗然怪其山川土地既無高深壯厚之勢封域之廣與鄭蓼相介纔一二百里非有古彊諸侯制度而爲大國何也其春秋世未嘗通中國盟會朝聘僖二年方見於經以伐見書哀之元年始約列諸侯一會而罷其後乃希見僻居荆夷蓋於蒲騷鄖蓼小國之間特大而已故於今雖名藩鎮而實下州山澤之産無美材土地之貢無上物朝廷達官大人自閩陬嶺徼出而顯者往往皆是而隨近在天子千里内幾一（一無此字）百年間未出一士豈其庳貧薄陋自古然也予少以江南就食

居之能道其風土地既瘠枯民給一作急生不舒愉雖豐年大族厚聚之家未嘗有樹林池沼之樂以爲歲時休暇之嬉獨城南李氏爲着姓家多藏書訓子孫以學予爲童子與李氏諸兒戲其家見李氏方治東園往求美草一一手植周視封樹日日去來園間其勤李氏壽終公佐嗣家又構亭其間益脩先人之所爲予亦壯不復 其家已而去客漢沔遊京師久而乃歸復行城南公佐引予登亭上周尋童子時所見則樹之孼者抱昔之抱者枿草之茁者叢荄之甲者今果矣問其遊兒則有子如予童子之歲矣相與逆

數昔時則於今七閏矣然忽忽如前日事因歎嗟徘徊不能去噫予方仕宦奔走不知再至城南登此亭復幾閏幸而再至則東園之物又幾變也計亭之梁木其蠹乎其之一作溜石物其泐乎隨雖陋非予鄉然予之長也豈能忘情於隨哉公佐好學有行鄉里推之與予友蓋明道二年十月十二日也

樊侯廟災記

鄭之盜有入樊侯廟刳神象之腹者既而大風雨雹近鄭之田麥苗皆死人咸駭曰侯怒而爲之也余謂樊侯本以屠狗立軍功佐沛公至成皇帝位爲列侯

邑食舞陽剖符傳封與漢長久禮所謂有功德於民則祀之者歟舞陽距鄭既不遠又漢楚常苦戰滎陽京索間亦侯平生提戈斬級所立功處故廟而食之宜矣方侯之參乘沛公事危鴻門振目一顧使羽失氣其勇力足有過人者故後世言雄武稱樊將軍宜其聰明正直有遺靈矣然當盜之傳刃腹中獨不能保其心腹腎腸哉而反貽怒於無罪之民以騁其恣睢何哉豈生能萬人敵而死不能庇一躬邪豈其靈不神於禦盜而反神於平民以駭其耳目邪風霆雨雹天之所以震耀威罰有司者而侯又得以濫用之

邪蓋聞陰陽之氣怒則薄而爲風霆其不和之甚者凝結而爲雹方今歲且久旱伏陰不興壯陽剛燥疑有不和而凝結者豈其適會民之自災也邪不然則喑嗚叱吒使風馳霆擊則侯之威靈暴矣哉

東齋記

官署之東有閣以燕休或曰齋謂夫閑居平心以養思慮若於此而齋戒也故曰齋河南主簿張應之居縣署亦理（一作治）小齋河南雖赤縣然征賦之民（一作名）户纔七八千田利之入率無一鍾之畝人稀土不膏腴則少爭訟幸而歲不大凶亦無逋租凡主簿之所

職者甚簡少，故未嘗憂吏責而得優游以嬉。應之又素病羸，宜其有以閒居而平心者也。應之雖病，然力自爲學，常曰：「我之疾，氣留而不行，血滯而流逆，故其病咳血。」然每體之不康，則或取六經百氏若（一作與）古人述作之文章誦之，愛其深博閎達雄（一作奇）富偉麗之說，則必茫乎以思，暢乎以平，釋然不知（一作覺）疾之在體，因多取古書文字貯齋中，少休則探以覽焉。夫世之善醫者，必多畜金石百草之物以毒其疾，須其瞑眩而後瘳。應之獨能安居是齋以養思慮，又以聖人之道和平其心而忘厥疾，真古之（三字一作可謂）樂善者

歟傍有小池竹樹環之應之時時引客坐其間飲酒言笑終日（一作終日言笑）不倦而某嘗從應之於此因書於其壁（三字一作于壁而記云）

伐樹記

署之東園久茀不治脩至始闢之糞瘠溉枯爲蔬圃十數畦又植花果桐竹凡百本春陽既浮萌者將動園之守啓曰園有樗焉其根壯而葉大根壯則梗地脉耗陽氣而新植者不得滋葉大則陰翳蒙礙而新植者不得暢以茂又其材拳曲臃腫疎輕而不堅不足養是宜伐因盡薪之明日圃之守又曰圃之南有

杏焉凡其根庇之廣可六七尺其下之地最壤腴以杏故特不得蕪是亦宜薪脩曰噫今杏方春且華將待其實若獨不能損數畦之廣爲杏地邪因勿伐既而悟且歎曰吁莊周之説曰樗櫟以不材終其天年桂漆以有用而見傷夭今樗誠不材矣然一旦悉翦棄杏之　最堅密美澤可用反見存豈才不才各遭其時之可否邪他日客有過脩者僕夫曳薪過堂下因指而語客以所疑客曰是何怪邪夫以無用處無用莊周之貴也以無用而賊有用烏能免哉彼杏之有華實也以有生之具而庇其根幸矣若桂漆之不

能逃乎斤斧者益有利之者在死勢不得以生也與乎杏實異矣今摴之臃腫不材而以壯大害物其見伐誠宜爾與夫才者死不才者生之說又異矣凡物幸之與不幸視其處之而已客既去惝然其言而記之

戕竹記

洛最多竹樊圃棊錯包籜榯筍之贏歲尚十數萬緡坐安侯（一作享）利寧肯為渭川下然其治水庸任土物簡歷芟養率須謹嚴家必有小齋閑館在虧蔽門實欲賞輒腰輿以入不問辟疆恬無怪讓也以是名其

俗爲好事壬申之秋人吏率持鎌斧亡公私誰何且戕且桴不竭不止守都出令有敢隱一毫爲私不與公上急病服王官爲慢齒王民爲悖如是累日地搸園禿下亡有嗇色少見於顏間者由是知其民之急上意古者伐山林納材葦惟是地物之美必登王府以經于用不供謂之畔廢不時謂之暴殄今土宇廣斥賦入委疊上益篤儉非有廣居盛囿之侈縣官材用顧不衍溢朽蠹而一有非常斂取無藝意者營飾像廟過差乎書不云不作無益害有益又曰君子節用而愛人天子有司所當朝夕謀慮守官與道不可

以忽也推類而廣之則竹事猶末

養魚記

折簷之前有隙地方四五丈直對非非堂脩竹環繞蔭映未嘗植物因洿以爲池不方不圓任其地形不甃不築全其自然縱鍤以濬之汲井以盈之湛乎汪洋晶乎清明微風而波無波而平若星若月精彩下入予偃息其上潛形於毫芒循漪沿岸渺然有江湖千里之想斯足以舒憂隘而娛窮獨也乃求漁者之罟市數十魚童子養之乎其中童子以爲斗斛之水不能廣其容蓋活其小者而棄其大者怪而問之且

以是對嗟乎其童子無乃囂昏而無識矣乎予觀巨魚枯涸在旁不得其所而群小魚游戲乎淺狹之間有若自足焉感之而作養魚記

游儵亭記

禹之所治大水七岷山導江其一也江出荆州合沅湘合漢沔以輸之海其爲汪洋誕漫蛟龍水物之所憑風濤晦冥之變怪壯哉是爲（四字一作是爲壯哉）勇者之觀也吾兄晦叔爲人慷慨喜義勇而有大志能讀前史識其盛衰之迹聽其言豁如也因於位卑無所用以老然其胷中亦已壯矣夫壯者之樂非登崇高之丘

臨萬里之流不足以爲適今吾兄家荆州臨大江捨汪洋誕漫壯哉勇者之所觀而方規地爲池方不數丈治亭其上反以爲樂何哉蓋其擊壺而歌解衣而飲陶乎不以汪洋爲大不以方丈爲局則其心豈不浩然哉夫視富貴而不動處卑困而浩然其心者（一無此字）眞勇者也然則水波之漣漪游魚之上下其爲適也與夫莊周所謂惠施游於濠梁之樂何以異烏用蛟魚變怪之爲壯哉故名其亭曰游儵亭景祐五年四月二日舟中記

浙川縣興化寺廊記

興化寺新修行廊四行惣六十四間匠者其人用工
之力凡若干土木圬墁陶瓦鐵石之費匠工傭食之
資凡若干營而主其事者僧延遇延遇自言餘杭人
少棄父母稱出家子之鄆州拜浮圖人師其説年十
九尚書祠部給牒稱僧遂行四方淳化三年止此寺
得維摩院廢基築室自爲師教弟子以居居二十有
三年授弟子惠聰而老焉又十八年年七十有一矣
乃欽其衣盂之具所（一作之）餘示惠聰而歎曰吾生乾
德之癸亥明年而甲子一復而又將甲焉棄杭即鄆
四十有三歲去墳墓不哭其郊聞吳歈不懷其土吾

豈無鄉閭親戚之仁與愛而樂此土耶吾惟浮圖之說畏且信以忘其生不知久乎此也今老矣凡吾之有衣食之餘生無鄉閭宗族之賙設不待歲時烝嘗之具盡就吾之素信者而用焉畢吾無恨也於是庀工度材營此廊廊成明道二年之某月也寺始建於隋仁壽四年號法相寺太平興國中改曰興化屋垣甚壯廣由仁壽至明道實四百四十有四年之間凡幾壞幾易未嘗有志刻雖其始造之因亦莫詳焉至延遇爲此役始求志之予因嘉延遇之能果其學也惠聰自少師之雖老益堅不壞又竭其所有期與俱

就所信而盡焉夫世之學者知患不至不知患不能果此果於自信者也年月日記

湘潭縣修藥師院佛殿記

湘潭縣藥師院新修佛殿者縣民李邏之所爲也邏之賈江湖歲一賈其入數千萬邏之謀曰夫民力役以生者也用力勞者其得厚用力媮者其得薄以其得之豐約必視其用力之多少而必當然後各食其力而無慙焉士非我匹若工農則吾等也夫琢磨一作磨琢煎鍊調筋柔革此工之盡力也斤斸鉏夷畎畝樹藝此農之盡力也然後所食皆不過其勞今我則不

然徒幸物之廢興而上下其價權時輕重而操其奇贏游嬉以浮於江湖用力至逸以安而得則過之我有憖於彼焉凡誠我契而不我欺平我斗斛權衡而不我踰出入闗市而不我虞我何能焉是皆在上而爲政者以庇我也何以報焉閩浮屠之爲善其法曰有能捨己之有以崇飾尊嚴我則能陰相之凡有所欲皆如志乃曰盍用我之有所得於此施以報焉且爲善也於是得此寺廢殿而新之又如其法作釋迦佛十六羅漢塑像皆備凡用錢二十萬自景祐二年十二月癸酉訖三年二月甲寅以成其秋會予赴夷

陵自真州假其舟行次潯陽見買一石甕而載于舟問其所欲用之因具言其所為且曰欲歸而記其始造歲月也視其色若欲得予記而不敢言也因善其以賈為生而能知夫力少而得厚以為幸又知在上者庇已而思有以報顧其所為之心又趨為善皆可喜也乃為之作記問其寺始造之由及其歲月皆不能道也九月十六日記

偃虹隄記

有自岳陽至者以滕侯之書洞庭之圖來告曰願有所記予發書按圖自岳陽門西距金雞之右其外隱

然隆高以長者曰偃虹隄問其作而名者曰吾滕侯之所爲也問其所以作之利害曰洞庭天下之至險而岳陽荆潭黔蜀四會之衝也昔舟之往来湖中者至無所寓則皆泊南津其有事于州者遠且勞而又常有風波之恐覆溺之虞今舟之至者皆泊隄下有事于州者近而且無患問其大小之制用人之力曰長一千尺高三十尺厚加二尺而殺其上得厚三分之二用民力萬有五千五百工而不踰時以成問其始作之謀曰州以事上轉運使轉運使擇其吏之能者行視可否凡三反復而又上于朝廷決之三司然

後曰可而皆不能易吾侯之議也曰此君子之作也
可以書矣蓋慮於民也深則謀其始也精故能用力
少而爲功多夫以百步之隄禦天下至險不測之虞
惠其民而及于荆潭黔蜀凡往来湖中無遠邇之人
皆蒙其利焉且岳陽四會之衝舟之来而止者日凡
有幾使隄土石幸久不朽則滕侯之惠利於人物可
以數計哉夫事不患於不成而患於易壞葢作者未
始不欲其久存而繼者常至於殆廢自古賢智之士
爲其民捍患興利其遺跡往往而在使其繼者皆如
始作之心則民到于今受其賜天下豈有遺利乎此

滕侯之所以慮而欲有紀於後也滕侯志大材高名聞當世方朝廷用兵急人之時常顯用之而功未及就退守一州無所用心略施其餘以利及物夫慮熟謀審力不勞而功倍作事可以爲後法一宜書不苟一時之譽思爲利於無窮而告來者不以廢二宜書岳之民人與湖中之往來者皆欲爲滕侯紀三宜書以三宜書不可以不書乃爲之書慶曆六年　月日記

大明水記

世傳陸羽茶經其論水云山水上江水次井水下又

云山水乳泉石池漫流者上瀑湧湍漱勿食食久令人有頸疾江水取去人遠者井取汲多者其説止於此而未嘗品第天下之水味也至張又新爲煎茶水記始云劉伯芻謂水之宜茶者有七等又載羽爲李秀卿論水次第有二十種今考二説與羽茶經皆不合謂山水上乳泉石池又上江水次而井水下伯芻以揚子江爲第一惠山石泉爲第二虎丘石井第三丹陽寺井第四揚州大明寺井第五而松江第六淮水第七與羽説皆相反秀卿所説二十水廬山康王谷水第一無錫惠山石泉第二蘄州蘭谿石下水第

三扇子峽蝦蟆口水第四虎丘寺井水第五廬山招疑賢寺下方橋潭水第六揚子江南零水第七洪州西山瀑布第八桐柏淮源第九廬山龍池山頂水第十丹陽寺井第十一揚州大明寺井第十二漢江中零水第十三玉虛洞香谿水第十四武關西水第十五松江水第十六天台千丈瀑布水第十七郴州圓泉第十八嚴陵灘水第十九雪水第二十如蝦蟆口水西山瀑布天台千丈瀑布皆戒人勿食食之生疾其餘江水居山水上井水居江水上皆與羽經相反疑羽不當二説以自異使誠羽説何足信也得非又

新妄附益之邪其述羽辨南零岸時（疑）恠誕甚妄也水味有美惡而已欲求天下之水一二而次第之者妄說也故其爲說前後不同如此然此井爲水之美者也羽之論水惡渟浸而喜泉源故井取汲者江雖長然衆水雜聚故次山水惟此說近物理云

孫氏碑陰記

皇祐三年夏元規以龍圖閣直學士尚書吏部郎中爲陝西都轉運使道出南京遇疾留河上予時往問之元規疾少間出其皇祖少師之銘而謂予曰此太子太傅杜公所書也吾家世德杜公之父榮公實銘

之惟吾二家皆爲當世盛族五代之亂播于吴越而不顯然其同禄仕通婚姻子孫之好至今而不絶也自吴越國除衣冠之族皆北予以不幸少孤既壯而從禄養其爲御史諫官以言事謫守處州始得過故鄉識其耆老而求杜氏之銘不可得也今十有五年而始獲于斯自榮公之銘孫氏三世百年至于小子幸成祖考忠義之訓今得進被榮顯于朝廷而列于侍從杜公以道德名望相明天子荷天之福眉壽于家惟吾二家之盛衰與時治亂而上下故屈于彼而伸于此其世德遺文由後有人克保不墜故晦於昔

而顯於今將刻銘於碑表之墓隧以昭示來世子孫其以爲如何予曰嗚呼爲善之効無不報然其遲速不必問一作同也故不在身者則在其子孫或晦於當時者必顯于後世其孫氏杜氏之謂乎刻之金石以遺家之子孫而勸天下之爲善者不亦宜哉

三琴記

吾家三琴其一傳爲張越琴其一傳爲樓則琴其一傳爲雷氏琴其製作皆精而有法然皆不知是否要在其聲如何不問其古今何人作也琴面皆有横文如蛇腹世之識琴者以此爲古琴蓋其漆過百年始

有斷文用以爲驗爾其一金暉其一石暉其一玉暉金暉者張越琴也石暉者樓則琴也玉暉者雷氏琴也金暉其聲暢而遠石暉其聲清實而緩玉暉其聲和而有餘今人有其一已足爲寶而余兼有之然惟石暉者老人之所宜也世人多用金玉蚌瑟暉此歟物者夜置之燭下炫耀有光老人目昏視暉難準惟石無光置之燭下黑白分明故爲老者之所宜也余自少不喜鄭衛獨愛琴聲尤愛小流水曲平生患難南北奔馳琴曲率皆廢忘獨流水一曲夢寢不忘今老矣猶時時能作之其他不過數小調弄足以自娛

琴曲不必多學要於自適琴亦不必多藏然業已有之亦不必以患多而棄也嘉祐七年上巳後一日以疾在告學書信筆作歐陽氏三琴記

吉州學記 續添

慶曆三年天子開天章閣召政事之臣八人賜之坐問治天下其要有幾施於今者宜何先使書于紙以對八人者皆震恐失措俯伏頓首言此事大非愚臣所能及惟陛下幸詔臣等於是退而具述爲條列明年正月始詔州郡吏以賞罰勸桑農三月又詔天下皆立學惟三代仁政之本始於井田而成於學校記

曰國有學遂有序黨有庠家有塾其極盛之時大備之制也凡學本於人性磨揉遷革使趨於善至於風俗成而頌聲興蓋其功法施之各有次第其教於人者勤而入於人者漸勤則不倦漸則遲久而深夫以不倦之意待遲久而成功者三王之用心也故其為法必久而後至太平而為國皆至六七百年而未已此其効也三代學制甚詳而後世罕克以舉爲或不知而本末不備又欲於速不待其成而急故學之道常廢而僅存惟天子明聖深原三代致治之本要在富而教之故先之農桑而繼以學校將以衣食飢寒

之民而皆知孝慈禮讓是以詔書再下吏民感悅奔走執事者以後為羞其年十月吉州之學成州即先夫子廟為學舍於城西而未備今知州事殿中丞李侯寬之至也謀與州人遷而大之事方上請而詔下學遂以成李侯治吉敏而有方其作學也吉之士率其私錢一百五十萬以助用人之力積二萬一千工而人不以為勞其良材堅甓之用凡二十二萬三千五百而人不以為多學有堂筵齋講有藏書之閣有賓客之位有游息之亭嚴嚴翼翼壯偉閎耀而人不以為侈既成而來學者常三百餘人予世家於吉濫

官于朝廷進不能賛明天子之盛美退不能與諸生揖讓乎其中惟幸吉之學教者知學本於勤漸遲久而不倦以治毋廢慢天子之詔使予他日因得歸榮故鄉而謁於學門將見吉之士皆道德明秀可爲公卿過其市而賈者不鬻其淫適其野而耕者不爭壠畝入其里閭而長幼和孝慈於其家行其道塗而少者扶羸老壯者代其負荷於路然後樂學之道成而得從鄉先生席于衆賓之後聽鄉樂之歌飲射壺之酒以詩頌天子太平之功而周覽學舍思詠李侯之遺愛不亦美哉故於其始成也刻辭于石以立諸其

廡

右吉州學記乃承平時印本與石本異其說在居

士集第三十九卷後

外集卷第十三

淨垢院記處其處上有聚字十有八無有字空且空下元缺一字恐本作空且第洛陽洛上有命字損小無損字三十六三上有凡字旣畢畢作訖遂爲無二字

恕本此記彭城公並作長城公

榮鄉亭記什邡縣隸漢州諸本皆以邡爲方非以苟滿歲一作月字未嘗

此下一有敢字君行達君疑作若本作若行幸挖可知矣矣作已之下一作其下

明因塔記千百年千作十明道二年七月十四日記挖本有此

叢翠亭記周營挖本同注作宫常以同注作皆萬室同注作少室最獨無最字

治亭同注作爲亭連者一作節者而刻之此下一有云字

太學院記其人題其人作乃

東園亭記脩友脩作予爲大爲作云僖二二下有十字始約約作得

乃希乃作出幾一無一字未出作未闓出少以以作從風土一作土風

給生給作急豐年年作居往求作佳木益脩脩作修不復復下

元缺一字，恕本作不復游幾閏閏下有也字其溜其作之石物無物字友盖善字友作善二年文藪作三年也也作記

樊侯廟記　廟而食廟上有亦字胥腸哉無哉字貽怒一作移怒以騁其恣睢無此五字有司有上有宜字不興不作始壯陽剛燥四字作以干陽氣使風使上有能字

東齋記　之東東字作視字以燕以作其誦之誦上有以字雄富雄作奇在體宋文粹此下有也字傍有小池宋文粹傍字上有齋字而其二字作乎於其壁同正文

栰樹記　其根其作三庇之庇上有奇字七尺尺作弓杏之之下本缺一字恕本作木死數死上有其字

[illegible]竹記 起本記作忠 侯利 同正文作侯

游儵亭記 是爲 同正文作是爲 心者 無者字

淅川記 淅作淅 之資 資作要 所餘 所作之 甲子 子下再有今甲子三字

惠聰自 無此三字 雖老 無雖字

藥師院佛殿記 之賈 之作世 以生 以下有爲字 以其 無以字 琢

磨 作磨琢 然後所食 後作其 以庇我 以上有有字 浮屠之 之下有人

能教人四字 我之有 無有字 所欲用之 之作遷 因具言 因下有得字

問其所欲用之因具言其所爲 文藪作問其所欲用遷之具言之所爲江

達云脩佛殿者乃李遷之 始造歲月 文藪作始造之歲月 可喜 文藪作可嘉 十六

日 無十字有夷陵令歐陽某七字

偃虹隄記

（恕本作卧虹按文忠公祖諱偃今家集以偃作卧疑避諱也）所記（記年絕）金雞之右（右作石）長一千尺高三十尺（恕本作長三百尺高十有三尺）萬有五千五百工（作四千有五百工）百步之隄（百作五十）皆蒙其利（無此四字）不以廢（作以不廢）

大明水記

取汲者（一作取汲多者）秀卿（秀作季）謂山水（謂上有羽字）謂山水上乳泉石池又上江水次而井水下（文纂乳泉字上有而字江達云此有而字乃與下句相類）虎丘石井（井作泉）招賢（招字本疑恕本同）玉虛（二字作壺）天台千丈瀑布水第十七（文纂無水字江達云此篇瀑布下無水字）皆戒人（皆下有羽字）食之（之作而）岸時（時有本疑恕本同）此井爲水（爲作於）

孫氏碑　來世子孫無孫字不必問問作同遺家作遺二家復有盧陵

廬陽其記五字

三琴記　皆不知皆作要

歐陽文忠公集六十四

外集卷第十四

序一

仁宗御集序英宗皇帝嘗晉代作

在昔君臣聖賢自相戒勑都俞吁嘆於朝廷之上而天下治者二帝之言語也號令征伐丁寧約束而其辭彬彬篤厚純雅者三代之文章也堯舜夏商周之盛邈乎遠出千載之上而昭然著見百世之下者以其書存焉此典謨訓誥之文所以爲歷代之寶也惟我仁考神文聖武明孝皇帝之作二帝之言語而三代之文章也是宜刋之六經而不朽示之萬世而敢

法列余小子獲承統業其所以繼大而顯揚之者方思勉焉其敢失墜乃詔尚書刑部郎中知制誥邵必右諫議大夫天章閣待制吕公著悉發寶文之舊藏而類次之以爲百卷而必公著勉朕以敘述之曰是不可闕也予惟聖考在位四十有二載承三聖之鴻業享百年之盛隆而不敢暇逸慎重祭祀以事天而饗親齋莊潔精必以誠信故親郊而見上帝者九菴謝于天地大享于明堂者皆再耕于籍田祫于太廟者皆一而不爲勞若夫遊娛射獵前世賢王明主之所不能免者則皆非所欲歲時臨幸燕飲臣下必問

祖宗之故常闃然非時不聞輿馬之音後苑歲春一賞亦故事也中廢者二十餘年而時畋于近郊曲宴于便坐者廑纔一二而已故歛禋祀享升歌樂章藏于有司薦于郊廟者多矣而登臨游賞之適割鮮獻獲之樂前世之所誇者未始一及焉至於萬機之暇泊然凝神不見所好惟躬閱寶訓陳經邇英究鍾律之本元訓師兵之武略披圖以鑒古銘物以自戒其從事於清閑宴息之餘者不過此類嗚呼大禹之勤儉也夫惟一人勞於上則天下安其逸約于已則天下享其豐此禹之所以聖勤儉之功也惟我聖考之

在御也澤被生民恩加夷狄寬刑罰息兵革容納諫諍信任賢材措民逸於治安躋俗豐於富庶使海内蒙德受賜涵濡鼓舞而不知所以然者由勤與儉久而馴致之也是以功成業茂立廟建號爲宋仁宗噫仁之爲言堯舜之盛德而甚美之稱也固已巍乎與天地而亡極矣永惟聖作刻之玉版藏之金匱以耀後嗣而垂無窮庶俾知我聖考仁宗之所以爲仁者自勤儉始嗚呼亦惟予小子是訓

送方希則序

蒙莊以紳笏爲柴柵班伯以名聲爲韁鎖夫軒裳糧

華人之所甚欲，彼豈惡之邪？蓋將有激云爾。是以君子輕去就，隨卷舒，富貴不可誘，故其氣浩然；勇過乎賁育，毀譽不以屑其量，恬然不見於喜慍。能及是者，達人之節而大方之家乎！希則茂才入官，三舉進士不利，命乎數奇，時不見用，而一作宜且夷然拂衣，師心自往，推否泰以消息，輕寄物之去來，淵乎其天，雅之君子，而幾類於昔賢者乎！余自來上都，寓謁舍，化衣京塵，穿屨金門者，再見春矣。會天子方嚮儒學，招徠俊良，開賢科，命鄉舉，而四方之傑齎貢函詣公車者十百千數。余雖後進晚出，而掎裳摩趺，攘臂以遊其閒交者固已多矣晚方得君傾蓋道塗一笑相樂形忘乎外心照乎内雖濠梁之遊不若是也未幾君召試中臺以枉於有司奪席見罷搢一作薦紳議者咸傷冤之君方澹乎沖襟竟於使人不能窺也後數日齎裝具舟泛然東下以余辱交者索言以爲贈夫怏識字以見乎遠窮倚伏以至于命此非可爲淺見寡聞者道也希則達人爾可一言之昔公孫常退歸鄉人再推射策遂第一更生書數十上每聞報罷而終爲漢名臣以希則之資材識業而沈冥鬱堙者豈非天將張之而固翕之邪不然何邅迴而若此也夫良工

既成者器之大後發先至者驥之良異日垂光虹蜺濯髮雲漢使諸儒後生企仰而不暇此固希則褚囊（一作橐）中所蓄爾豈假予詳言之哉觴行酒半坐者皆欲去操觚率然辭不逮意同年景山欽之識之亦賦詩以爲別則祖離道舊之情備之矣此不復云

送陳經秀才序

伊出陸渾略國南絶山而下東以會河山夾水東西北直國門當雙闕隋煬帝初營宫洛陽登邙山南望曰此豈非龍門邪世因謂之龍門非禹貢所謂導河自積石而號龍門者也然山形中斷巖崖鈌呀若斷

若鑱當禹之治水九州披山斬木遍行天下凡水之破山而出之者皆禹鑿之豈必龍門然伊之流最清淺水濺濺鳴石間刺舟隨波可爲浮泛釣魴擉鼈可供膳羞山兩麓浸流中無巖嶄頹怪盤絶之險而可以登高顧望自長夏而往纔十八里可以朝遊而暮歸故人之遊此者欣然得山水之樂而未嘗有筋骸之勞雖數至不厭也然洛陽西都來此者多達官尊重不可輒輕出幸時一往則騶奴從騎吏屬遮道唱呵後先前儐旁扶登覽一作覽登未周意已怠矣故非有激流上下與魚鳥相傲然徙倚之適也然能得此者

惟畢且閑者宜之脩爲從事子聰參軍應之主縣簿秀才陳生旅遊皆畢且閑者因相與期於茲夜宿西峯步月松林間登山上方路窮而返明日上香山石樓聽八節灘晚泛舟傍山足夷猶而下賦詩飲酒暮已歸後三日陳生告予且西予方得生喜與之遊也又遽去因書其所以遊以贈其行

送楊子聰户曹序

士之仕於州郡者必視其地大小高下之望以爲輕重河南大府也參軍雖卑以望而高下之固與他州郡異矣然地大望高居者皆將相名臣達官居又不

久率一二歲而甚者半歲而易故河南吏民間坐而偶語道其相其將其官者常名斥而一二歲數之至於郎官御史方鎮牧守使人貴客由河南出者入不候於疆去不餞于郊途逢而不避市坐者不起豈素慢哉蓋其見之習也彼視公卿大臣要官其易如此矧所謂參軍者耶其不群嘲而隨侮之幸也參軍每上府望門而趨吏摩以肩過不揖反就焉持刺執版求通姓名雖心負其所有欲進自達不可得其勢鬱鬱卑且賤又甚於它州郡故爲之者未嘗樂也然其間能自以頭角頎然而出者鮮矣其才能之美非有

異乎衆莫能也。户曹參軍楊子聰居府中，常衣青衫騎破虎韉，出入府門，下人固輩（一作背）視而槩易之。居一歲，相國彭城公薦之，集賢學士謝公又薦之，士之有文而賢者盡交之，其能出其頭角矣。若去而之他州郡，不特傾然而出矣，遂特（疑）傑然以獨立也。子聰南人，樂其土風，今秩滿調於吏部，必吏於南也。吾見南之州郡有傑然而獨出者，必楊子聰也。

送廖倚歸衡山序

元氣之融結爲山川，山川之秀麗稱衡湘，其蒸爲雲霓，其生爲杞梓，人居其間，得之爲俊傑秀才。生於衡山之陽而秀麗之精英者得之尤多故其文則雲霓其材則杞梓始以鄉進士舉於有司不中遂遊公卿間所至無不虛館設席爭以禮下之今永興太原公雅識洪正器君尤深初其鎮秦川也請君與俱行遂趨函關以覽秦都則西方士君子得以承望乎風采矣凡居秦幾歲而東將過京師以歸予嘗以上計吏客都中識君於交遊屢之以友益當君之西也獲餞於國門及夫斯來又相見於洛道語故舊數日乃行夫山川固能產異物而不能畜之者誠有利其用者爾今君之行也予疑夫不能久畜於衡山之阿也

送梅聖俞歸河陽序

至寶潛乎山川之幽，而能先群物以貴於世者，負其有異而已。故珠潛于泥，玉潛于璞，不與夫蜃蛤珉石混而棄者，其先膺美澤之氣，輝然特見于（一作於）外也。士固有潛乎卑位，而與夫庸庸之流俯仰上下，然卒不混者，其文章才美之光氣，亦有輝然而特見者矣。然求珠者必之乎海，求玉者必之乎藍田，求賢士者必之乎通邑大都，據其會，就其名，而擇其精焉爾。洛陽，天子之西都，距京師不數驛，搢紳仕宦雜然而處，其亦珠玉之淵海歟！予方據是而擇之，獨得於梅君聖俞其所謂輝然特見而精者邪聖俞志高而行潔氣秀而色和嶄然獨出於衆人中初爲河南主簿以親嫌移佐河陽常喜與洛之士遊故因吏事而至於此余嘗與之徜徉於嵩洛之下每得絶崖倒壑深林古宇則必相與吟哦其間始而歡然以相得終則一作而暢然覺乎薰蒸浸漬之爲益也故久而不厭既而以吏事訖言歸余且惜其去又悲夫潛乎下邑混於庸庸然所謂能先群物而貴於世者特其異而已則光氣之輝然者豈能掩之哉

張應之字序

傳曰名以制義謂乎名之必可言也世之士君子名而無所言言則不能稱述一作著以見乎遠余友河南主簿張君名谷字仲容谷之爲義窪而不盈動而能應湛然而深有似乎賢人君子之德其所謂名而可言者也然嘗竊謂仲容之字不足以表其所以名之之義大凡物以至虛而爲用者有三其體殊焉有虛其形而能受者器之圓方是也然受則有量故多盈溢敗覆之過有虛其中而能鳴乎外者鍾鼓是也然鳴必假物故須簨簴考擊之設有虛其體而能應物者空谷是也然應必有待故常自然以至靜接物而

無窮士之以是為其名則君之道從可知也宜易其字曰應之益容以言其虚之狀不若應以體乎容之德也君早以孝廉文藝考行於鄉里薦之於有司而又試其用於春官者之選深中隱厚學優道充其有以應乎物矣然今方為小官主簿書其所應者近而小誠未能有以發乎其聲也余知夫虚以待之則物之来者益廣響之應者益遠可涯也哉余與君同以進士登于科又同為吏于此群居肩隨宴閑相語得以字而相呼故於是不能讓而默也敢為序以易之

尹源字子漸序

奉禮尹君之將西也，稱古仁者送人之義，責言於其交之所嘗厚者。其友人渤海歐陽脩在餞中，率然曰：余無似，雖不能竊仁者之號，柰嘗辱君之道義切劘爲最深，是以（一作既）不能無言。然君之文行，余既友慕欽揖之不暇顧，豈有遺忽之少之可以進於言邪？因姑請更君之字，以塞其求云。君之名源，而字子淵。夫源發於淵深，且（一作其）止也，於詁訓既不類，又無所表發其名之美，甚非稱。據禮家之説曰：三王之祭川也，先河而後海，或源也，或委也。蓋謂其源發而漸進於廣大，委其注積也。楊子曰：百川學海而至於海。今君之學也皆古文字聖賢之事業至其尤深而鉅者又烏止淵之譬邪然亦欲君之漸進不已而至深遠博大之無際也請字之曰子漸古者男子之生舉以禮而名之年既長見廟筮賓而加元服服加而後字示尊其名以隆成人也夫君子所以自尊重其名（一作所）字如此之甚也誠以其賢否醜美必常與名字相上下而始終邾婁一小國君片善可稱春秋褒之曰儀甫解者謂國不如名名不如字以爲極美之談是也子漸行矣勉之

胡寅字序（一作字說）

寅之爲言恭且畏之辭虞書寅賓出日寅餞納日云者堯命其臣羲和者修其官而史美之之文又曰夙夜惟寅云者舜勑其臣伯夷之辭也又曰同寅協恭和衷哉云者皋陶戒禹之言言堯舜禹之事載於書者爲萬世之法而其君臣之際相言語者如是是知恭恪畏慎以思其事雖聖人猶然尉氏胡君名寅以問於余且將字之余以謂名者古之人生而有別之稱爾若太甲盤庚仲壬者又一無此字直識其次第而已至於一無此字左丘明者載魯大夫之語始謂命名必有義而學者又以文王武王伯魚之類附其說者尤非

也文王之世為商諸侯偶商不幸而紂為淫虐然猶身一作生服事之豈其生也已有滅商自大之心而名昌其子始生又期使殺君而發其功業哉孔子之生子適有饋鯉者遂名之若史魚孔鮒又有饋者乎則是直為識別之稱未嘗有義也然考古人之命字者則似若有義蓋將釋其名曰其字若此而已胡君曰我所以問其字者將知其寅者何謂然因考于古取堯舜禹之書常所道告之而字曰子畏作字說三字一作云

送陳子履赴絳州翼城序

予昔過鄭遇子履於管城其後二歲子履西自馮翊

會予於洛陽而去又明年復來遂與（一作預）鄉進士自河南貢于京師又明年予方解官洛陽以来則子履中甲科爲校書郎其冬得冀城於絳又明年春西拜其親於洛而後行自鄭之遇及茲行凡六歲而四見之焉其始也純然氣和而貌野再見之則道所學問出其文辭煒（一作卓）然有出於衆人矣又見之則挾其藝以較於群士而以其能勝之今之行也又曰我將試其為政於絳而且力廣其學當盡落其華而成其實直取古人之所以尚以（一無二字）距今之為者其修已力行之道屢見而屢進進且（一有又字）不已而志又大焉

孔子曰未見其止孟子曰孰能禦之者歟夫年少者心銳氣盛者好剛苟有志焉無不至也然君子之於臨政也欲果其行必審其思審而後果則不可易而後悔而學者亦在一朝疑其所趨而後博其聞其致思必精其發辭必易待其足於中而後見於外予友河南富彥國嘗與予語於此今彥國在絳而予復往焉又從而辨之後之復見子復豈特若前之見者乎將有駭然者矣

送孫屯田序 字延仲

良金美玉藏乎礦石而追師冶工莫不孜孜攻且鍊

焉吾誠有以利其用也況材臣賢士世不衆出而物官者得不貪以為利乎故今茲屯田孫公始以尚書郎來貳洛政未踰歲則復乘兩馬之傳東上將冠惠文以肅臺憲居不皇暖席行不及具駕蓋被知者之用且祗君命之速也御史本為秦官出入殿中督察監視事無大小皆得以法繩之至按章舉劾發姦治獄以清風軌則朝廷之得失御史繫焉然過者為之至有伺求以為察剛訐以為直鷙愚激俗以速名譽至於紀綱大政則蔑乎無聞也故於是選必要以文儒況正閎達大體然後謇謇王廷為天子司直之臣

況乎白筆霜簡吾家舊物握蘭卧錦爲世名郎緣飾以儒雅濟之以文敏余知夫振頹綱舉舊典嗣先聲揚休聞在此行也而洛之士君子故相與翹足企聳東向而望倏聞凛然之餘風矣盍各賦棫樸以歌能官且賀舉者之得人也犯軷長道摻袪爲一作而別又烏足効兒女之悲哉

張令注周易序

易之爲書無所不備故爲其說者亦無所不之蓋滯者執於象數以爲用通者流於變化而無窮語精微者務極於幽深喜誇誕者不勝其廣大苟非其正則

失而皆入於賊若其推天地之理以明人事之始終而不失其正則王氏超然遠出於前人惜乎不幸短命而不得卒其業也張子之學其勤至矣而其説亦詳焉其爲自序尤所發明昔漢儒白首於一經雖孔子亦晚而學易今子年方壯所得已多而學且不止其有不至者乎廬陵歐陽脩序

送方希則序 將有無將字不利二字作好世資褚囊囊作橐

送陳經序 而下下作北若斷斷作斵擉邋擉作籍登覽作覽登

相傲相下有群爲二字旅遊無遊字暮已已作以三日日作月

送揚子聰序 歲數之無數字其能出其頭角矣此下一有河南爲望天下州郡無先者物之或之衆而能出其頭角矣二十三字遂特特字本疑恐本作將

送廖倚序 幾歲一作載歲

送梅聖俞歸河陽序 蚤恐本作蚤先膺二字作光英而精而下有其字志高志作文行潔潔作能河陽諸本皆作洛陽按序云聖俞移居河陽因吏事而至於此事訖言歸余惜其去則非歸洛明矣今正之終則則作而事訖訖下有役特其特作恃

張應之字序　言則無言字稱述述作著而深作深靜爲用無字

尹源字序　古仁者一作古之人是以以作既而字子淵文藪作以淵且止同正文

胡宙字序　之辭辭下有也字美之之文文下有也字禹之言言下有也字言堯舜無言字又直又作此文王之世宋文粹無之字名吕名下有日字古人之命字一作古之人命字所道道下有者字作字説有此二字

送陳子履序　恕本作陸桉子後乃陳經也後歸本姓爲陸致公之集或曰陳曰陸煒然煒作卓所以尚無以字後悔後作無一朝朝字本疑恕本無此字博其聞聞作文致思思下有也字發辭辭下有也者

外集卷第十五　　歐陽文忠公集六十五

序二

删正黃庭經序

無僊子者，不知爲何人也。無姓名，無爵里，世莫得而名之。其自號爲無僊子者，以警世人之學僊者也。其爲言曰：自古有道無僊，而後世之人知有道而不得其道，不知無僊而妄學（一作求）僊，此我之所哀也。道者，自然之道也；生而必死，亦自然之理也。以自然之道養自然之生，不自戕賊夭閼而盡其天年，此自古聖智之所同也。禹走天下，乘四載，治百川，可謂勞其形矣而壽百年顔子蕭然卧於陋巷簞食瓢飲外不誘於物内不動於心可謂至樂矣而年不及三十斯二人者皆古之仁人也勞其形者長年安其樂者短命蓋命有（一作之）長短稟之於天非人力之所能爲也惟不自戕賊而各盡其天年則二人之所同也此所謂以自然之道養自然之生後世貪生之徒爲養生之術者無所不至至茹草木服金石吸日月之精光又有以謂此外物不足恃而反求諸内者於是息慮絶欲鍊精氣勤吐納專於内守以養其神其術雖本於貪生及其至也尚或可以全形而却疾猶愈於肆欲

稱情以害其生者是謂養内之術故上智任之自然其次養内以却疾最下妄意而貪生世傳黄庭經者魏晉間道士養生之書也其説專於養内多奇怪故其傳之久則易爲訛舛今家家異本莫可考正無僊子既甚好古家多集録古書文字以爲翫好之娱有黄庭經石本者乃永和十三年晉人所書其文頗簡以較今世俗所傳者獨爲有理疑得其真於是喟然嘆曰吾欲曉世以無僊而止人之學者吾力顧未能也吾視世人執奇怪訛舛之書欲求生而反害其生者可不哀哉矧以我翫好之餘拯世人之謬惑何惜

而不爲乃爲刪正諸家之異一以永和石本爲定其難曉之言略爲注解庶幾不爲訛謬之說惑世以害生是亦不爲無益若大雅君子則豈取於此

送王聖紀赴扶風主簿序

前年五月大霖雨殺麥河溢東畿浸下田已而不雨至于一作於八月菽粟死高田三司有言前時溢博州民冒河爲言得免租者蓋萬計今歲秋當租懼民幸水旱因緣得妄免以虧兵食慎勑有司謹之朝廷因舉田令約束州縣吏吏無遠近皆望風惡民言水旱一以農田勑限甚者笞而絕之畿之民訴其縣不聽

則訴於開封又不聽則相與聚立（一作於）宣德門外訴於宰相於是遣吏四出視諸縣視者還而或言災或言否然言否者十七八最後視者還言民實災而吏徒畏約束以苟自免爾天子聞之惻然盡蠲畿民之租余嘗竊歎曰民生幸而爲畿民有（一作且）緩急近而易知也雨降于天河溢于地與赤日之出是三者物之易見也前二三歲旱蝗相連朝廷歲歲隨其災之厚薄蠲其賦之多少至兵食不足則歲糴或入粟以爵而充之是在上者之愛人而仁人之心易惻也以易知之近言易見之事告易惻之仁然吏一壅之幾

不得達況四海之大幾萬里而遠事之難知不若霧潦赤日之易見者何數使上有惻之之心不得達于下下有思告之苦不得通於上者吏居其間而壅之爾可勝歎哉扶風爲縣限關之西距京師在千里外民之不幸而事有隱微者何限其能生死曲直之者令與主簿尉三人而民之志得不壅而聞于州州不壅而聞于上縣不壅而民志通者令與主簿尉達之而已王君聖紀主簿於其縣聖紀好學有文佐是縣也始試其爲政焉故以夫素所歎者告之景祐三年二月二十四日廬陵歐陽脩序

送太原秀才序

仲尼之徒子思伋記中庸事列于曲臺學欲服圓冠習矩步者皆造次必於中庸聞太原生得之矣生之履行無改是也月旅析木地居軫斿霜風動天萬竅號怒搖鞭長跋（一作岐）強飯自重時實元二年十月初七日乾德令尹歐陽脩序

傳易圖序

孟子曰盡信書不如無書夫孟子好學者豈獨忽於書哉蓋其自傷不得親見聖人之作而傳者失其真莫可考正而云也然豈獨無書之如此余讀經解至

其引易曰差若毫釐謬以千里之説又讀今周易有何謂子曰者至其繫辭則又曰聖人設卦繫辭焉欲考其真而莫可得然後知孟子之嘆蓋有激云爾説者言當秦焚書時易以卜筮得獨不焚其後漢興他書雖出皆多殘缺而易經以故獨完然如經解所引考於今易亡之豈今易亦有亡者耶是亦不得為完書也昔孔子門人追記其言作論語書其首必以子曰者所以别夫子與弟子之言又其言非一事其事非一時文聯屬而言難次第故每更一事必以子曰以起之若文言者夫子自作不應自稱子曰又其作

於一時文有次第何假子曰以發之乃知今周易所載非孔子文言之全篇也蓋漢之易師擇取其文以解卦體至其有所不取則文斷而不屬故以子曰起之也其先言何謂而後言子曰者乃講師自爲答問之言爾取卦體以爲答也亦如公羊穀梁傳春秋先言何曷而後道一作導其師之所傳以爲傳也今上繫凡有子曰者亦皆講師之說也然則今易皆出乎講師臨時之說矣幸而講師所引著得載於篇不幸其不及引者其亡豈不多邪嗚呼歷弟子之相傳經講師之去取不徒存者不完而其僞謬之失其可究邪

夫繫者有所繫之謂也故曰繫辭焉以斷其吉凶是故謂之爻言其爲辭各聯屬其一爻者也是則孔子專指爻辭爲繫辭而今乃以孔子賛易之文爲上下繫辭者何其謬也卦爻之辭或以爲文王作或以爲周公作孔子言聖人設卦繫辭焉是斥文王周公之作爲繫辭不必復自名其所作又爲繫辭也況其文乃槩言易之大體雜論易之諸卦其辭非有所繫不得謂之繫辭也必然自漢諸儒已有此名不知從何而失之也漢去周最近不應有失然漢之所爲繫辭者得非不爲今之繫辭乎易需之辭曰需于血出自

穴艮之辭曰艮其限列其夤聯之辭曰見豕負塗載鬼一車是皆險怪奇絕非世常言無爲有訓故一作詁考證而學者出其臆見隨事爲解果得聖人之旨邪文言繫辭有可攷者其證如此而其非世常言無可攷者又可知矣今徒從夫臆出之說果可盡信之邪此孟子所歎其不如亡者也易之傳注比他經爲尤多然止於王弼其後雖有述者不必皆其授受但其傳之而已大抵易至漢分爲三有田何之易焦贛之易費直之易田何之易傳自孔子有上下二篇又有彖象繫辭文言說卦等自爲十篇而有章句凡學有

章句者皆祖之田氏焦贛之易無所傳授自得乎一作之隱者之學專於陰陽占察之術凡學陰陽占察者皆祖之焦氏費直之易亦無所授又無章句惟以彖象文言等十篇解上下經凡以彖象文言等參入卦中者皆祖之費氏田焦之學廢於漢末費氏獨興遭傳至鄭康成而王弼所注或用康成之説比卦六四之類是弼即鄭本而爲注今行世者惟有王弼易其源出於費氏也孔子之古經亡矣

月石硯屏歌序

張景山在虢州時命治石橋小版一石中有月形石

色紫而月白月中有樹森森然其文黑而枝葉老勁雖世之工畫者不能爲蓋奇物也景山南謫留以遺予予念此石古所未有欲但書事則懼不爲信因令善畫工來松一作謨寫以爲圖子美見之當愛歎也其月滿西旁微有不滿處正如十三四時其樹横生一枝外出皆其實如此不敢增損貴可信也

七賢畫序

某不幸少孤先人爲綿州軍事推官時某始生生四歲而先人捐館某爲兒童時先妣嘗謂某曰吾歸汝家時極貧汝父爲吏至廉又於物無所嗜惟喜賓客

不計其家有無以具酒食在綿州三年他人皆多買蜀物以歸汝父不營一物而俸禄待賓客亦無餘已罷官有絹一匹畫爲七賢圖六幅此七君子吾所愛也此外無蜀物後先人調泰州軍事判官卒于任比某十許一作餘歲時家益貧每歲時設席祭祀則張此圖于壁先妣必指其曰吾家故物也後三十餘年圖亦故闇某忝立朝懼其久而益朽損遂取七賢命工裝軸之更可傳百餘年以爲歐陽氏舊物且使子孫不忘先世之清風而示吾先君所好尚又以見吾母少寡而子幼能克成其家不失舊物蓋自先君有事

後二十年某始及第今又二十三年矣事迹如此始爲作贊并序

龍茶録後序

茶爲物之至精而小團又其精者録敘所謂上品龍茶者是也蓋自君謨始造而歲貢焉（一無此字）仁宗尤所珍惜雖輔相之臣未嘗輒賜惟南郊大禮致齋之夕中書樞密院各四人共賜一餅宫人翦金爲龍鳳花草貼其上兩府八家分割以歸不敢碾試相（一作但）家藏以爲寶時有佳客出而傳翫爾至嘉祐七年親享明堂（一有致字）齋夕始人賜一餅余亦忝預至今藏之余

自以諫官供奉仗内至登二府二十餘年纔一獲賜而丹成龍駕舐鼎莫及每一捧翫清血交零而已因君謨著録輒附于後庶知小團自君謨始而可貴如此（九字一作可貴而刱自君謨也）治平甲辰七月丁丑廬陵歐陽脩書還公期書室

傳

桑懌傳

桑懌開封雍丘人其兄慥本舉進士有名懌亦舉進士再不中去遊汝潁間得龍城廢田數頃退而力耕歲凶汝旁諸縣多盜懌白令願（三字一作曰願令）爲耆長往

來里中察姦民因召里中少年戒曰盜不可爲也吾在此不汝容也少年皆諾里老父子死未斂盜夜脱其衣里老父怯無他子不敢告縣臝其屍不能葬懌聞而悲之然疑少年王生者夜入其家探其篋不使之知覺明日遇之問曰爾諾我不爲盜矣今又盜里父子屍者非爾邪少年色動即推仆地縛之詰共盜者王生指其少年懌呼壯丁守王生又自馳取少年者送縣皆伏法又嘗之郟城遇尉方出捕盜招懌飲酒遂與俱行至賊所藏尉怯陽爲不知以過懌曰賊在此何之乎下馬獨格殺數人因盡縛之又聞襄城

有盜十許人獨提一劍以往殺數人縛其餘汝旁縣
爲之無盜京西轉運使奏其事授郟城尉天聖中河
南諸縣多盜轉運奏移澠池尉崤古險地多深山而
青灰山尤阻險爲盜所恃惡盜王伯者藏此山時出
爲近縣害當此時王伯名聞朝廷爲巡檢者皆授名
以捕之既懌至巡檢者僞爲宣頭以示懌將謀招出
之懌信之不疑其僞也因謀知伯所在挺身入賊中
招之與伯同卧起十餘日信之乃出巡檢者反以兵
邀於山口懌幾不自免懌曰巡檢授名懼無功爾即
以伯與巡檢使自爲功不復自言巡檢俘獻京師朝

廷知其實罪黜巡檢憚爲尉歲餘改授右班殿直永安縣巡檢明道景祐之交天下旱蝗盜賊稍稍起其間有惡賊二十三人不能捕樞密院以傳召憚至京授二十三人名使往捕憚謀曰盜畏吾名必已一作以潰潰則難得矣宜先示之以怯至則閉柵戒軍吏無一人得輒出居數日軍吏不知所爲數請出自效輒不許既而夜與數卒變爲盜服以出迹盜所嘗行處入民家民皆走獨有一媼留爲作飲食饋之如盜乃歸復閉柵三日又往則攜其具就媼饌而以其餘遺媼媼待以爲真盜矣乃稍就媼與語及群盜輩媼曰

彼聞彞懌來始畏之皆遁矣又聞懌閉營不出知其不足畏今皆還也某在某處某在某所矣懌盡鈎得之復三日又往厚遺之遂以實告曰我彞懌也煩媪爲察其實而慎勿泄後三日我復來矣後又三日往媪察其實審矣明旦部分軍士用甲若干人於其所取其盜卒若干人於其處取其盜其尤彊者在其所則自馳馬以往士卒不及從惟四騎追之遂與賊遇手殺三人凡二十三人者一日皆獲二十八日復命京師樞密吏謂曰與我銀爲君致閤職懌曰用賂得官非我欲況貧無銀有固不可也吏怒匿其閥以免

短使送三班三班用例與兵馬監押未行會交趾獠叛殺海上巡檢昭化諸州皆警往者數輩不能定因命懌往盡手殺之還乃授閤門祗候懌曰是行也非獨吾功位有居吾上者吾乃其佐也今彼留而我還我賞厚而彼輕得不疑我蓋其功而自伐乎受之徒慚吾心將讓其賞歸己上者以奏藁示予予謂曰讓之必不聽徒以好名與詐取譏也懌歎曰亦思之然士顧其心何如爾當自信其心以行譏何累也若欲避名則善皆不可爲也已余慙其言卒讓之不聽懌雖舉進士而不甚知書然其所爲皆合道理多此類

始居雍丘遭大水有粟二廩將以舟載之見民走避溺者遂棄其粟以舟載之見民荒歲聚其里人飼之粟盡乃止懌善劒及鐵簡力過數人而有謀略遇人常畏若不自足其爲人不甚長大亦自修爲威儀言語如不出其口卒然遇人不知其健且勇也廬陵歐陽脩曰勇力人所有而能知用其勇者少矣若懌可謂義勇之士其學問不深而能者蓋天性也余固喜傳人事尤愛司馬遷善傳而其所書皆偉烈奇節士喜讀之欲學其作而怪今人如遷所書者何少也乃疑遷特雄文善壯其說而古人未必然也及得桑懌

事乃知古之人有然焉遷書不誣也知今人固有而但不盡知也懌所爲壯矣而不知予文能如遷書使人讀而喜否姑次第之

外集卷第十五

黄庭經序 其生者者下有也字

送王聖紀序 前年前作二吏無無吏字言水旱旱下有事字許於宰相四字作吽宰相以許四出四作分饑民之三字作其幾不得達幾一作饑霖潦二字作水旱易見見下又有也易二字通於於作于吏居居作隅生死曲直作曲直生死而民之志而下有已凡二字閒于州閒于

作乎達于上作乎天子者縣不壅而民志通者已上八字恐本作令與主簿尉先之而已天子仁恩下而降乎州州不壅而達於縣縣不壅而得及於民亦凡三十三字按下文令與主簿尉云云主簿作爲尉佐是縣作其爲尉以夫二字作予因其行而以予二十四日作十日無二四及下六字

送太原秀才序

寶元二年十月乾德令尹歐陽某序按是年六月公以武成判官明年二月當上此稱繫舊階疑未受命時作

傳易圖序

至其無其字有激云爾作有激而云也昔孔子子下有殘字其事無其字必以以作書夫子自作子下有所字取卦體體作辭其下有以爲問引文言六字僞謬僞作譌聯屬屬作繫孔子言孔上有故字不必作必不也必作必也其證證作謬知矣矣作也雖有述者

者下有不得列于學官故上自孔子至于王弼迹其所自來以作斯圖自漢學者漸不師授而各自名家今圖之所傳者凡四十五字焦贛費直二字上各有有字自得作自言得之之學無之字漢末費氏末下有而字

七賢畫序

文纂作銘七賢畫事示焦生汪逵云此篇文體似非序但文纂作銘字可疑王深甫長樂集有信都公請作七賢圖詩其序云伏蒙出示先大夫所作七賢圖事又云咨求學文之士爲之頌贊將以刻石永告來裔而回也不肖亦辱於此數則公所請作詩者不一也悊本作求七賢畫贊與焦伯強書無蜀物文纂作無一蜀物始爲贊文纂作試爲贊

龍茶錄後序

熙寧時文作題龍茶錄後汪逵云此篇似非序悊本作茶錄跋尾又一首贈辥少卿佳客時文作嘉客齋夕作致齋治平甲辰七月丁丑時文作治平元年七月十四日

綦懌傳本舉（無本字）往來（文藪作得往來）往來里中（四字作得字）爲也（也作矣）夜入（作夜潛入）其篋（篋字下有中衣馳間里父是否里父言是卿復馳還王生篋中凡二十字）推仆（文藪作椎仆）轉運使（文藪無使字）崤古險（崤下有灑字）涂山（涂作深）捕之（無之字）宣頭（無頭字）授名（名下有捕賊二字）罪黜巡檢（檢下有者字）其閒（二字見作冀）召懌至京（此下脫一師字）輒出（出下有者字）數日（日作十餘日）民皆走（民字作居字）獨有（無有字）三日（三上有後字）則攜（文藪作則自攜）攜其具（作自攜具）不畏（畏字上刋本缺一字怨本作不足畏）其處（處作所）察其實（作察得其實）卒若干（作乙若干接乙字乃對上甲字刋本作卒疑誤）復命（復上而有字）非我（我作吾）送三班（送下有名字）與兵馬（與下有嶺下一字）手殺（二字作平）而自伐（而作以）與詐取識也（無與詐也）

三字）亦思之然（無此四字）以行（無二字）二廪（二廪作圖）見民（見上又嘗二字）善劒（善下有用字）常畏（作常謙畏）過人（文數作遇之）而能者（者作然）偉烈（偉作義）古之人有然焉（文數焉字作而）不誣（誣作遇）知令人（知上有又字）懌所爲（懌上有然字）次第之（之下有焉字）

皇祐五年序蜀畫七賢圖云爲作贊并序今此卷有其序而贊不傳

閩本桑懌傳後又載錢鏐王景仁朱瑾等傳即五代史文也間有小異今不取

外集卷第十六　　歐陽文忠公集六十六

書一

上范司諫書

月日具官謹齋沐拜書司諫學士執事前月中得進奏吏報云自陳州召至闕拜司諫即欲爲一書以賀多事怱（一作卒）卒未能也司諫七品官爾於執事得之不爲喜而獨區區欲一賀者誠以諫官者天下之得失一時之公議繫焉今世之官自九卿百執事外至一郡縣吏非無貴官大職可以行其道也然縣越其封郡逾其境雖賢守長不得行以其有守也吏部之

官不得理兵部鴻臚之卿不得理光禄以其有司也若天下之失得生民之利害社稷之大計惟所見聞而不繫職司者獨宰相可行之諫官可言之爾故有一〔諱字〕士學古懷道者仕於時不得爲宰相必爲諫官諫官雖卑與宰相等天子曰不可宰相曰可天子曰然宰相曰不然坐乎廟堂之上與天子相可否者宰相也天子曰是諫官曰非天子曰必行諫官曰必不可行立殿陛之前與天子爭是非者諫官也宰相尊行其道諫官卑行其言言行道亦行也九卿百司郡縣之吏守一職者任一職之責宰相諫官繫天下之事

亦任天下之責然宰相九卿而下失職者受責於有司諫官之失職也取譏於君子有司之法行乎一時君子之譏著之簡冊一作冊書而昭明垂之百世而不泯甚可懼也夫七品之官任天下之責懼百世之譏豈不重邪一作歟非材且賢者不能爲也近執事始被召於陳州洛之士大夫相與語曰我識范君知其材也其來不爲御史必爲諫官及命下果然則又相與語曰我識范君知其賢也他日聞有立天子陛下直辭正色面爭庭論者非他人必范君也拜命以來翹首企足竚乎有聞而卒未也竊惑之豈洛之士大夫能

料於前而不能料於後也將執事有待而爲也昔韓退之作爭臣論以譏陽城不能極諫卒以諫顯人皆謂城之不諫蓋有待而然退之不識其意而妄譏脩獨以謂不然當退之作論時城爲諫議大夫已五年後又二年始庭論陸贄及沮裴延齡作相欲裂其麻纔兩事爾當德宗時可謂多事矣授受失宜叛將強臣羅列天下又多猜忌進任小人於此之時豈無一事可言而須七年耶當時之事豈無急於沮延齡論陸贄兩事也謂宜朝拜官而夕奏疏也幸而城爲諫官七年適遇延齡陸贄事一諫而罷以塞其責向使

止五年六年而遂遷司業是終無一言而去也何所取哉今之居官者率三歲而一遷或一二歲甚者半歲而遷也此又非一可以待乎七年也今天子躬親庶政化理清明雖爲無事然自千里詔執事而拜是官者豈不欲聞正議而樂讜言乎然今未聞有所言說使天下知朝廷有正士而彰吾君有納諫之明也夫布衣韋帶之士窮居草茅坐誦書史常恨不見用及用也又曰彼非我職不敢言或曰我位猶卑不得言矣又曰我有待是終無一人言也可不惜哉伏惟執事思天子所以見用之意懼君子百世之譏一陳

昌言以塞重望且解洛之士大夫之惑則幸甚幸甚

與郭秀才書

僕昨以吏事至漢東秀才不見僕於叔父家以啓事二篇偕門刺先進自賓階拜起旋辟甚有儀坐而語諾甚謹讀其辭温密華富甚可愛視秀才待僕之意甚勤而禮也古人之相見必有歡欣交接之誠而不能達乃取羔羊雉鶩之類致其意爲贄而先既致其意又恥其無文則以虎豹之皮繢畫之布以飾之然後意達情接客既贄而主人必禮以答之爲陳酒殽幣篚壺矢燕樂之具將其意又爲賦詩以陳其情今秀

才好學甚精博記書史務爲文辭不以羔禽皮布爲飾獨以言文其身而其贄既美其意既勤矣宜秀才責僕之答厚也僕既無主人之具以爲禮獨爲秀才賦詩女曰鷄鳴之卒章曰知子之來之雜佩以贈之取其知客之來豫儲珩璜琚瑀之美以送客雖無此物猶言之以致其意厚也僕誠無此物可謂空言之爾秀才年且少貌厚色揚志鋭學敏因進其業脩其辭暴練緝織之不已使其文采五色潤澤炳鬱若贄以見當世公卿大人非惟若僕空言以贈也必有分庭而禮加籩豆賓幣篚延爲上賓者惟勉之不已

與張秀才第一書 集

脩頓首致書秀才足下前日辱以詩賦雜文啓事爲贄披讀三四不能輒休足下家籍河中爲鄉進士精學勵行嘗已選於里升於府而試於有司矣誠可謂彼邦之秀者歟然士之居也遊必有友學必有師其鄉必有先生長者府縣必有賢守長佐吏彼能爲足下稱才而述美者宜不少矣今乃越數百里犯風霜千（一作好）大國望官府下首於閽謁者以道（一作通）姓名趨走拜伏於人之階廡間何其勤勞乎豈由心負其所有而思以一發之邪將顧視其鄉之狹陋不足自

廣而謂夫大國多賢士君子可以奮揚而光遠之邪則足下之來也其志豈近而求豈小邪得非磨光濯色計之熟卜之吉而後勇決以來邪今市之門旦而啓商者趨焉賈者坐焉持寶而欲價者之焉賣金而求寶者亦之焉閭民無資攘臂以遊者亦之焉洛陽天下之大市也來而欲價者有矣坐而爲之輕重者有矣予居其間其官位學行無動人也是非可否不足取信也其亦無資而攘臂以遊者也今足下之來試其價既就於可以輕重者矣而反以及予夫以無資者當求價之責雖知貪於所得而不知有以爲價

也故辱賜以來且慙且喜既不能塞所求以報厚意姑道此以爲謝

與張秀才第二書

脩頓首白秀才足下前月去後復取前所貺古今雜文十數篇反復讀之若大節賦樂古太古曲（一作典）等篇言尤高而志極大尋足下之意豈非閔世病俗究古明道欲拔今以復之古而翦剝齊整凡今之紛殽駁冗者歟然後益知足下之好學甚有志者也然而述三皇太古之道舍近取遠務高言而鮮事實此少過也君子之於學也務爲道爲道必求知古知古明

道而後履之以身施之於事而又見於文章而發之以信後世其道周公孔子孟軻之徒常履而行之者是也其文章則六經所載至今而取信者是也其道易知而可法其言易明而可行及誕者言之乃以混蒙虛無爲道洪荒廣略爲古其道難法其言難行孔子之言道曰道不遠人言中庸者曰率性之謂道又曰可離非道也春秋之爲書也以成隱讓而不正之傳者曰春秋信道不信邪謂隱未能蹈道齊侯遷衛書城楚丘與其仁不與其專封傳者曰仁不勝道凡此所謂道者乃聖人之道也此履之於身施之於事

而可得者也豈如誕者之言者耶堯禹之書皆曰若稽古傳說曰事不師古匪說攸聞仲尼曰吾好古敏以求之者凡此所謂古者其事乃君臣上下禮樂刑法之事又豈如誕者之言者耶此君子之所學也夫所謂捨近而取遠云者孔子曰【疑】生周之世去堯舜遠孰與今去堯舜遠也孔子刪書斷自堯典而弗道其前其所謂學則曰祖述堯舜如孔子之聖且勤而弗道其前者豈不能邪蓋以其漸遠而難彰不可以信後世也今生於孔子之絕後而反欲求堯舜之已前世所謂務高言而鮮事實者也二字一作云者唐虞之道

爲百王首仲尼之歎曰蕩蕩乎謂高深闊大而不可名也及夫二典述之炳然（一作如）使後世尊崇仰望不可及其嚴若天然則書之言豈不高邪然其事不過於親九族平百姓憂水患問臣下誰可任以女妻舜及祀山川見諸侯齊律度謹權衡（一有斗斛飭字）使臣下誅放四罪而已孔子之後惟孟軻最知道然其言不過於教人樹桑麻畜雞豚以謂養生送死爲王道之本夫二典之文豈不爲文孟軻之言道豈不爲道而其事乃世人之甚易知而近者蓋切於事實而已今學者不深本之乃樂誕者之言思混沌於古初以無形

爲至道者無有高下遠近使賢者能之愚者可勉而至無過不及而一本乎大中故能亘萬世可行而不變也今以謂不足爲而務高遠之爲勝以廣誕者無用之説是非學者之所盡心也宜少下其高而近其遠以及乎中則庶乎至矣凡僕之所論者皆陳言淺語如足下之多聞博學不宜爲足下道之也然其之所以云者本一作卒欲損足下高遠而俯就之則安一作又敢務爲奇言以自高邪幸足下少思焉

與石推官第一書

脩頓首再拜白公操足下前歲於洛陽得在鄆州時

所寄書卒然不能即報遂以及今然其勤心未必若書之怠而獨不知公操察不察也脩來京師已一歲也宋州臨汴水公操之譽日與南方之舟至京師脩少與時人相接尤寡而譽者無日不聞若幸使盡識舟上人則公操之美可（一作何）勝道哉凡人之相親者居則握手共席道歡欣既別則問疾病起居以相爲憂者常人之情爾若聞如足下之譽者何必問其他乎聞之欣然亦不減握手之樂也夫不以相見爲歡樂不以疾病爲憂問是豈無情者乎得非相期者在於道爾其或有過而不至于道者乃可爲憂也近於

京師頻得足下所爲文讀之甚善其好古閔世之意皆公操自得於古人不待脩之賛也然有自許太高詆時太過其論若未深究其源（一作原）者此事有本末不可卒然（一作卒）語須相見乃能盡然有一事今詳而說此計公操可朝聞而暮改者誠先陳之君貺家有足下手作書一通及有二像記石本始見之駭然不可識徐而視定辨其點畫乃可漸通吁何怪之甚也既而持以問人曰是不能乎書者邪曰非不能也書之法當爾邪曰非也古有之乎曰無今有之乎亦曰無也然則何謂而若是曰特欲與世異而已脩聞

君子之於學是而已不聞爲異也好學莫如揚雄亦曰如此然古之人或有稱獨行而高世者考其行亦不過乎君子但與世之庸人不合爾行非異世蓋人不及而反棄之舉世斥以爲異者歟及其過聖人猶欲就之於中庸况今書前不師乎古後不足以爲來者法雖天下皆好之猶不可爲况天下皆非之乃獨爲之何也是果好異以取高歟然嚮謂公操能使人譽者豈其履中道秉常德而然歟抑亦昂然自異以驚世人而得之歟古之教童子者立必正聽不傾常視之毋誑勤謹乎其始惟恐其見異而惑也今足下

端然居乎學舍以教人爲師而反率然以自異顧學者何所法哉不幸學者皆從而効之足下又果爲獨異乎今不急止則懼他日有責後生之好怪者推其事罪以奉歸此脩所以爲憂而敢告也惟幸察之不宣同年弟歐陽某頓首

第二書

脩頓首白公操足下前同年徐君行因得寓書論足下書之怪時僕有妹居襄城喪其夫匍匐將往視之故不能盡其所以云者而略陳焉足下雖不以僕爲狂愚而絶之復之以書然果未能諭僕之意非足下

之不諭由僕聽之不審而論之之略之過也僕見足下書久矣不即有云而今乃云者何邪始見之疑乎不能書又疑乎忽而不學夫書一藝爾人或不能與忽不學時不必論是以默默然及來京師見二像石本及聞說者云足下不欲同俗而力爲之如前所陳者是誠可諍矣然後一進其說及得足下書自謂不能與前所聞者異然後知所聽之不審也然足下於僕之言亦似未審者足下謂世之善書者能鍾王虞柳不過一藝已之所學乃堯舜周孔之道不必善書又云因僕之言欲勉學之者此皆非也夫所謂鍾王

虞椰之書者非獨足下薄之僕固亦薄之矣世之有
好學其書而悦之者與嗜飲茗閲畫圖無異但其性
之一僻爾豈君子之所務乎然至於書則不可無法
古之始有文字也務乎記事而因物取類爲其象故
周禮六藝有六書之學其點畫曲直皆有其説楊子
曰斷木爲棊梡革爲鞠亦皆有法焉而況書乎今雖
隸字已變於古而變古爲隸者非聖人不足師法然
其點畫曲直猶有準則如毋母彳亻之相近易之則
亂而不可讀矣今足下以其直者爲斜以其方者爲
圓而曰我第行堯舜周孔之道此甚不可也譬如設

饌於案加帽於首正襟而坐然後食者此世人常爾若其納足於帽反衣而衣坐乎案上以飯實酒卮而食曰我行堯舜周孔之道者以此之於世可乎不可也則書雖末事而當從常法不可以爲怪亦猶是矣然足下了不省僕之意凡僕之所陳者非論書之善不但患乎近怪自異以惑後生也若果不能又何必學僕豈區區勸足下以學書者乎足下又云我實有獨異於世者以疾釋老斥文章之雕刻者此又大不可也夫釋老惑者之所爲雕刻文章薄者之所爲足下安知世無明誠質厚君子之不爲乎足下自以爲

異是待天下無君子之與己同也。仲尼曰：後生可畏，安知來者之不如今也。是則仲尼一言不敢遺天下之後生，足下一言待天下以無君子，此故所謂大不可也。夫士之不爲釋老與不雕刻文章者，譬如爲吏而不受貨（一作祿）財，蓋道當爾，不足恃以爲賢也。屬久苦小疾，無意思，不宣。某頓首。

答西京王相公書

月日，某謹齋沐頓首復書于相公閣下：所遣使二十一日至許州，獲賜書一通，伏讀周復，且慚且悸。脩幸得備下吏，承寵光，日趨走于前，竊慕古人堂下一言之獻思有所陳而恨愚無識不足自效徒抱區區之心者有日矣昨以初去府輒因奏記陳己踈淺（一作賤）得蒙大君子休德之幸以爲離去眷戀之辭既有次第臨治以來施政之善者顧寮吏宜有助而闇懦獨無能之過以爲謝因又妄思一言之獻以畢曩時區區之心以爲忠懇又輒贊德美顯廣功業益休問以爲禱其誠雖勤其言狂惑猶即蓍龜之神而再三黷宜其拒以不應伏蒙相公不即棄絕猶辱以書條陳曉諭以爲寵若其爲賜也厚矣然伏讀求繹似有未察其誠者敢一終其說以逃責焉某聞古之爲政者

必視年之豐凶年凶則節國用振民窮姦盜生爭訟多而其政繁年豐民樂然後休息而簡安之以復其常此善爲政者之術而禮典之所載也凡其前所陳者亦不過如是而已其意謂夫乘凶年之後災沴消息風雨既時耕種既得常平之粟既出而民有食關西之運既重至而軍不乏不旱不蝗下民樂利天子不憂慮能如是然後務大體簡細事而已豈有直以鎮俗（一作雅）救民愁無爲置軍食之說邪伏惟詳而察之昔者孔子嘗爲委吏必曰稱其職而已蓋苟守其官不敢慢其事而思其他伏惟相公所賜之書有居

官不出位之言有以見君子用心也然某之所陳非謂略一邦之小而不爲須四海之廣而後施以棄職而越思也蓋顧乎進德廣業思以致君而及天下不以一邦而止既禱且勸之辭也噫士之至賤敢以言干其上者有三焉不量輕重之勢不度貴賤之位必爭以理而後止者此直士也蒙德思報不計善否務罄其誠而言者此知義之士也其言乖謬不合道理問不及而自僭者此狂士（三字一作狂者）也然直士之言雖逆意宜思而擇報德之言雖善原其心之所來宜容而納狂者之言既狂矣宜不足與之辨其士之賤者

敢有干而云者於斯三者有其二焉伏惟相公擇之納之不足與之辨而絶之惟所賜焉

投時相書

某不佞疲軟不能強筋骨與工人田夫坐市區服畎畝爲力役之勞獨好取古書文字考尋前世以來聖賢君子之所爲與古之車旗服器名色等數以求國家之治賢愚之任至其煩然而精者時亦穿蠹盜取飾爲文辭以自欣喜然其爲道閎深肆大非愚且迂能所究及用功益精力益不足其勞反甚於市區畎畝而其所得較之誠有不及焉豈勞力而投業者成

功易勤心而爲道者至之難歟欲悔其所難而反就其易則復憩聖人爲山一簣止焉之言不敢叛棄故退失其小人之事進不及君子之文茫然其心罔識所嚮若棄車川游湯於中流不克攸濟回視陸者顧瞻徨徨然復思之人之有材能抱道德懷智慮而可自肆於世者雖聖與賢未嘗不無不幸焉禹之偏枯卻克之跛丘明之盲有不幸其身者矣抱關擊柝恓惶奔走孟子之戰國揚雄之新室有不幸其時者矣少焉而材學焉而不回賈誼之毀仲舒之禁錮雖有其時有不幸其偶者矣今以六尺可用之軀生太平

有道之世無進身毀罪之懼是其身時偶三者皆幸於古人之所有者獨不至焉豈天之所予不兩足歟亦勉之未臻歟伏惟明公履道懷正以相天下上以承天子社稷之大計下以理公卿百職之宜賢者任之以能不賢者任之以力由士大夫下至於工商賤技皆適其分而收其長如脩之愚既不足任之能亦不堪任以力徒以常有志於學也今幸以文字試於有司因自顧其身時偶三者之幸也不能默然以自羞謹以所業雜文五軸贄閽人以俟進退之命焉

外集卷第十六

上范司諫書　此又非一（文海無一字）

與郭秀才書　羔羊（一作羔鴈）　且少（一作甚少）

與張秀才第一書　勤勞（一作勤且勞）

第二書　翦剝（一作翦剔）　發之（一作發明之）　堯禹（一作堯舜禹）　孟軻之言道（軻一作子）

與石推官第一書　誠先（誠一作試）

第二書　文章（一作文字）

答王相公書　伏讀（一作捧讀）　猶即（一作猶叩）　寵若（一作寵答）　消息（一作稍息）　愁無爲（愁一作樂）

授時相書　炳然而精（四字一作粲粲而文粹然而精）　賤技（一作賤役）

書二

與范希文書

脩頓首再拜知郡學士希文足下自去歲在洛陽聞以言事出睦州及來京師又知移常州尋復得蘇州遷延南方歲且終矣南方美江山水國富魚與稻世之仕宦者舉善地稱東南然竊惟希文登朝廷與國論每顧事是非不顧自身安危則雖有東南之樂豈能爲有憂天下之心者樂哉若夫登高以望遠飲旨而食嘉所以宣輔神明亦君子起居寢食之宜也爲

别久矣所懷如何自古言事而得罪解當復用遠力久處省思慮節動作此非希文自重亦以爲天下士君子重也謝希深學士丁家艱將謀南歸有少私事須託營辦因通區區之誠以問左右

代人上王樞密求先集序書

某月日具位某謹齋沐獻書樞密相公閤下某聞傳曰言之無文行而不遠君子之所學也言以載事而文以飾言事信言文乃能表見於後世詩書易春秋皆善載事而尤文者故其傳尤遠荀卿孟軻之徒亦善爲言然其道有至有不至故其書或傳或不傳猶

繫於時之好惡而興廢之其次楚有大夫者善文其謳謌以傳漢之盛時有賈誼董仲舒司馬相如揚雄能文其文辭以傳由此以來去聖益遠世益薄或衰下迄周隋其間亦時時有善文其言以傳者然皆紛雜滅裂不純信故百不傳一幸而一傳傳亦不顯不能若前數家之焯然暴見而大行也甚矣言之難行也事信矣須文文至矣又繫其所恃之大小以見其行遠不遠也書載堯舜詩載商周易載九聖春秋載文武之法荀孟二家載詩書易春秋者楚之辭載風雅漢之徒各載其時主一作王聲名文物之盛以為辭

後之學者蕩然無所載則其言之不純信其傳之不久遠勢使然也至唐之興若太宗之政開元之治憲宗之功其臣下又爭載之以文其詞或播樂歌或刻金石故其閒鉅人碩德（一作士）閎言高論流鑠前後者恃其所載之在文也故其言之所載者大且文則其傳也章言之所載者不文而又小則其傳也不章某不佞守先人之緒餘先人在太宗時以文辭爲名進士以對策爲賢良方正既而守道純正爲賢待制逢時太平奮身揚名宜其言之所載文之所行大而可恃以傳也然未能甚行於世者豈其嗣續不肖不能

繼守而泯没之抑有由也夫文之行雖繫其所載猶有待焉詩書易春秋待仲尼之删正荀孟屈原無所待猶待其弟子而傳焉漢之徒亦得其史臣之書其始出也或待其時之有名者而後發其既殁也或待其後之紀次者而傳其爲之紀次也非其門人故吏則其親戚朋友如夢得之序子厚李漢之序退之也伏惟閣下學老文鉅爲時雄人出入三朝其能望光輝接步武者惟先君爲舊則亦先君之所待也豈小子之敢有請焉謹以家集若干卷數寫獻門下惟哀其誠而幸賜之

代楊推官洎上呂相公求見書

某聞古者堯舜禹之爲君也有皋夔益稷之徒者五字一作稷契者之徒爲其臣而湯之王也亦有仲虺伊尹者周之始興也有周公召公其復一作後興也有方叔邵虎申一作山甫之徒下而至漢其初也功臣尤多而稱善相者曰蕭曹其後曰丙魏唐之始則曰房杜既而曰姚宋者是皆能以功德佐其君而卓然特以名出衆而見於世者夫詩書之所美莫大乎堯舜三代其後世之盛者莫盛乎漢與唐而其興也必有賢哲之臣出其際而能使其君之功業名譽赫然光顯於萬世

而不泯故每一讀其書考其事量其功而想乎其人疑其瓌傑奇怪若神人然非如今世之人可得而識也夫其人已亡其事已久去數千百歲之後徒得其書而一讀之猶灼然如在人耳目之際使人希慕稱述之不暇況得身出二字一作生於其時親見其所爲而一識其人則雖奔走俯伏從妾圉執鞭扑猶爲幸歟其嘗誦於此而私自爲恨者有日矣國家之興一有也字七十有五年矣禮樂文章可謂太平而傑然稱王公大人於世者往往而出凡士之得身出於斯時者宜爲幸矣又何必忽近以慕遠違目而信耳且安知後

之望今不若今之望昔者邪然其實有若不幸者其生也少賤而愚賤則不接乎朝廷之閒愚故不能與於事則雖有王公大人者並出而欲一往識之乃無一事可因而進焉噫古之君子在上不幸而不得出其閒今之君子在上幸而親見矣又以愚賤見隔而莫可望焉是真可閔歎也已然嘗獨念昔有聞於先君太夫者似有可以藉而為說以干進於左右者試一陳之先君之生也好學勤力以孤直不自進於時其晚也始登朝廷享榮祿使終不困其志而少伸者蓋實出於大君子之門則相公（一有閣下二字）之於楊氏不

爲無恩矣其不肖其一作莫能繼一作光大先君之世而又苟欲藉之以有緒於闇人誠宜獲罪於下執事者矣然而不詢於長者不謀於蓍龜而決然用是以自進者蓋冀萬一得償其素所願焉雖及門而獲罪不猶愈於望古而自爲恨者邪言狂計愚伏惟聰明幸賜察焉

與黃校書論文章書

脩頓首啓蒙問及丘舍人所示雜文十篇竊嘗覽之驚歎不已其毀譽等數短篇尤爲篤論然觀其用意在於策論此古人之所難工是以不能無小闕其救

弊之說甚詳而革弊未之能至見其弊而識其所以革之者才識兼通然後其文博辯而深切中於時病而不爲空言蓋見其弊必見其所以弊之因若賈生論秦之失而推古養太子之禮此可謂知其本矣然近世應科目文辭求若此者蓋寡必欲其一作至於極致則宜少加意然後煥乎其不可禦矣文章繫乎治亂之說未易談況乎愚昧惡能當此愧畏愧畏脩謹白

與高司諫書

脩頓首再拜白司諫足下某年十七時家隨州見天聖二年進士及第牓始識足下姓名是時予年少未

與人接又居遠方但聞今宋舍人兄弟與葉道卿鄭天休數人者以文學大有名號稱得人而足下厠其間獨無卓卓可道說者予固疑足下不知何如人也其後更十一年予再至京師足下已爲御史裏行然猶未暇一識足下之面但時時於予友尹師魯問足下之賢否而師魯說足下正直有學問君子人也予猶疑之夫正直者不可屈曲有學問者必能辨是非以不可屈之節有能辨是非之明又爲言事之官而俯仰默默無異衆人是果賢者耶此不得使予之不疑三字一作不疑之也自足下爲諫官來始得相識侃然正

色論前世事歷歷可聽褒貶是非無一謬說噫持此辯以示人孰不愛之雖予亦疑足下真君子也是予自聞足下之名及相識凡十有四年而三疑之今者推其實迹而較之然後決知足下非君子也前日范希文貶官後與足下相見於安道家足下詆誚希文爲人予始聞之疑是戲言及見師魯亦說足下深非希文所爲然後其疑遂決希文平生剛正好學通古今其立朝有本末天下所共知今又以言事觸宰相得罪足下既不能爲辨其非辜又畏有識者之責已遂隨而詆之以爲當黜是可怪也夫人之性剛果懦

軟稟之於天不可勉強雖聖人亦不以不能責人之必能今足下家有老母身惜官位懼飢寒而顧利祿（一作祿利）不敢一忤宰相以近刑禍此乃庸人之常情不過作一不才諫官爾雖朝廷君子亦將閔足下之不能而不責以必能也今乃不然反昂然自得了無愧畏便毀其賢以爲當黜庶乎飾己不言之過夫力所不敢爲乃愚者之不逮以智文其過此君子之賊也且希文果不賢邪自三四年來從大理寺丞至前行員外郎作待制日日備顧問今班行中無與比者是天子驟用不賢之人夫使天子待不賢以爲賢是聰

明有所未盡足下身爲司諫乃耳目之官當其驟用時何不一爲天子辨其不賢反默默一作然無一語待其自敗然後隨而非之若果賢邪則今日天子與宰相以忤意逐賢人足下不得不言是則足下以希文爲賢亦不免責以爲不賢亦不免責大抵罪在默默爾昔漢殺蕭望之與王章計其當時之議必不肯明言殺賢者也必以石顯王鳳爲忠臣望之與章爲不賢而被罪也今足下視石顯王鳳果忠邪望之與章果不賢邪當時亦有諫臣必不肯自言畏禍而不諫亦必曰當誅而不足諫也今足下視之果當誅邪是

直可欺當時之人而不可欺後世也今足下又欲欺今人而不懼後世之不可欺邪况今之人未可欺也伏以今皇帝即位已來進用諫臣容納言論如曹脩古劉越雖歿猶被褒稱今希文與孔道輔皆自諫諍擢用足下幸生此時遇納諫之聖主如此猶不敢一言何也前日又聞御史臺牓朝堂戒百官不得越職言事是可言者惟諫臣爾若足下又遂不言是天下無得言者也足下在其位而不言便當去之無妨他人之堪其任者也昨日安道貶官師魯待罪足下猶能以面目見士大夫出入朝中稱諫官是足下不復

知人間有羞恥事爾所可惜者聖朝有事諫官不言而使他人言之書在史冊他日爲朝廷羞者足下也春秋之法責賢者備今某區區猶望足下之能一言者不忍便絶足下而不以賢者責也若猶以謂希文不賢而當逐則予今所言如此乃是朋邪之人爾願足下直携此書于朝使正予罪而誅之使天下皆釋然知希文之當逐亦諫臣之一効也前日足下在安道家召予往論希文之事時坐有他客不能盡所懷故輒布區區伏惟幸察不宣脩再拜

與尹師魯第一書

其頓首師魯十二兄書記前在京師相別時約使人如河上既受命便遣白頭奴出城而還言不見舟矣其夕及（一作又）得師魯手簡乃知留船以待怪不如約方悟此奴懶去而見紿臨行臺吏催苛百端不比催師魯人長者有禮使人惶迫不知所爲是以又不留下書在京師但深託君貺因書道脩意以西始謀陸赴夷陵以大暑又無馬乃作此行沿汴絶淮泛大江凡五千里用一百一十程纔至荆南在路無附書處不知君貺曾作書道脩意否及來此問荆人云去郢止兩程方喜得作書以奉問又見家兄言有人見師

魯過襄州計令在郢久矣師魯歡戚不問可知所渴欲問者别後安否及家人處之如何莫苦相尤否六郎舊疾平否脩行雖久然江湖皆昔所游往往有親舊留連又不遇惡風水老母用術者言果以此行爲幸又聞夷陵有米麪魚如京洛又有梨栗橘柚大筍茶荈皆可飲食益相喜賀昨日因參轉運作庭趨始覺身是縣令矣其餘皆如昔時師魯簡中言疑脩有自疑之意者非他蓋懼責人太深以取直爾今而思之自决不復疑也然師魯又云闇於朋友此似未知脩心當與高書時蓋已知其非君子發於極憤而切

責之非以朋友待之也其所為何足驚駭路中來頗有人以罪出不測見弔者此皆不知循心也師魯又云非忘親此又非也得罪雖死不為忘親此事須相見可盡其說也五六十年來天生此輩沈默畏慎布在世間相師成風忽見吾輩作此事下至竈門（一作閽）老婢亦相驚怪交口議之不知此事古人日日有也但問所言當否而已又有深相賞歎者此亦是不慣見事人也可嗟世人不見如往時事久矣往時砧斧鼎鑊皆是烹斬人之物然士有死不失義則趨而就之與几席枕藉之無異有義君子在傍見有就死知

其當然亦不甚歎賞也史册所以書之者蓋特欲警後世愚懦者使知事有當然而不得避爾非以爲奇事而詫人也幸今世用刑至仁慈無此物使有而一人就之不知作何等怪駭也然吾輩亦自當絶口不可及前事也居閑僻處日知進道而已此事不須言然師魯以脩有自疑之言要知脩處之如何故略道也安道與予在楚州談禍福事甚詳安道亦以爲然俟到夷陵寫去然後得知脩所以處之之心也又常與安道言每見前世有名人當論事時感激不避誅死真若知義者及到貶所則慼慼怨嗟有不堪之窮

愁形於文字其心歡戚無異庸人雖韓文公不免此累用此戒安道慎勿作感慼之文師魯察脩此語則處之之心又可知矣近世人因言事亦有被貶者然或傲逸狂醉自言我爲大不爲小故師魯相别自言益慎職無飲酒此事脩今亦遵此語咽喉自出京愈矣至今不曾飲酒到縣後勤官以懲洛中時懶愓矣夷陵有一路秪數日可至郢白頭奴足以往來秋寒矣千萬保重不宣脩頓首

同前

某頓首自荆州得吾兄書後尋便西上十月二十六

日到縣倏玆新年已三月矣所幸者老幼無恙老母
舊不飲酒到此來目能飲五七盃隨時甘脆足以盡
歡脩之舊疾漸以失去亦能飲酒矣不知師曾爲況
如何到此便欲遣任進去又爲少事且遣伊入京師
於今未回前者於朱駕部處見手書略知動靜夷陵
雖小縣然諍訟甚多而田契不明僻遠之地縣吏朴
鯁官書無簿籍吏曹不識文字凡百制度非如官府
一一自新齊整無不躬親又朱公以故人日相勞慰
時時頗有宴集加以作到閣門内事亦須自營開正
以來始似無事治舊史前歲所作十國志蓋是進本

務要卷多今若便爲正史盡宜删削存其大要至如細小之事雖有可紀非干大體自可存之小說不足以累正史數日檢舊本因盡删去矣十亦去其三四師魯所撰在京師時不曾細看路中昨來細讀乃大好師魯素以史筆自負果然河東一傳大妙脩本所取法此傳爲此外亦有繁簡未中願師魯亦删之則盡妙也正史更不分五史而通爲紀傳今欲將梁紀并漢周脩且試撰次唐晉師魯爲之如前歲之議其他列傳約略且將逐代功臣隨紀各自撰傳待續次盡將五代列傳姓名寫出分而爲二分手作傳不知

如此於師魯意如何吾等棄於時聊欲因此粗伸其心少希後世之名如脩者幸與師魯相依若成此書亦是榮事令特告朱公■介馳此奉洛且希一報如可以便各下手只候任進歸便令齎國志草本去次春寒保重

同前 慶曆五年春

某頓首啓兩路地壤相接幸時文字往還然關附狀蓋書生責以錢穀強其所不能自然公私不濟況其素懶於作書也然時聞師魯動止蘇子美事深欲論敘但避猶豫聞有極言乃知自信爲是甚善甚善予

美雖未亟復其如排沮羣議爲益不少晉濟師魯少所樂遊其況如何春寒千萬保愛

列傳人名便請師魯録取一本分定寄來不必以人死年月斷於一代但著功一代多者隨代分之所貴作傳與紀相應千萬遞中卻告一信要知尊意

同前　慶曆四年

某頓首啓始聞師魯徙晉乃駭然本初與郭推官計師魯必離渭而受晉命中道無所淹留徑之晉則謂於晉得相見既聞待闕至九月又計當入洛則謂於洛得相見又聞方留邠州有所陳來期未可知則謂

遂不相見而東也及陝乃知直趨絳州脩在絳阻雨數日苟更少留猶得道中相遇柰何前後相失如此尚欲留陝走人至解期一爲會而大暑懼煩往復亦須三四日又不欲久在陝使郡人有館待之勞顧此勢不得留慶曆不足屑屑於胸中但向聞師魯有失子之苦時方走河東界道遠多事不暇奉慰脩嘗失一五歲小兒已七八年至今思之痛若初失時脩素謂諸君自爲寡情而善忽世事者尚如此況師魯素自謂有情而子長又賢哉語及此雖脩忽自不堪又欲進何説以解師魯心邪自西事已來師魯之鬢無

黑者其不如意事多矣人生白首矣外物之能攻人者其類甚多安能尚甘於自苦邪得失不足計然雖歡戚勢既極亦當自有否泰惟不動心於憂喜非勇者莫能焉咫尺不相見又無以奉慰惟自寬自愛乃佳

同前 慶曆五年夏

某頓首令春子漸兄云亡脩在鎮陽半月後方知時又臥病草率走介託趙秉致奠云已之洛中矣苦事苦事脩一春在外四月中還家則母病妻皆臥在牀又值沈四替去本司獨力出治公事入營醫藥纔得

清卿來即往德博視河功比還馬墜傷足至今行履未得以故久不及拜書爲慰一寫朋友號呼之痛子漸平生所爲世謂吉人君子者然人生固不可以善惡較壽夭吾徒所爲天下之人嫉之者半故人相知不比他人易得失一人如他人之失百人也脩往時意銳性本真率近年經人事多於世俗間漸似耐煩惟於故人書問尚有遲慢之僻在因子漸亡追思數年不以一字往還遂至幽明永隔因此欲勉彊於書尺益知交游之難得爲可惜也子漸爲人不待縷述脩自知之然其所爲文章及在官有可記事相別多

年不知子細望錄示一本脩於子漸不可無文字莫誌或師魯自作則已若不自作則須脩與君謨當作蓋他平生相知深者吾二人與李之才爾縱不作墓誌則行狀或他文字須作一篇也愁人愁人師魯知爲士廉所訟仇家報怨不意亦聽而行此更不須較曲直他不足道也夏君來日詢他潞州事得動靜其詳差慰夏熱千萬保重

回丁判官書 景祐三年

九月十四日宣德郎守峽州夷陵縣令歐陽脩謹頓首復書于判官祕校足下脩之得夷陵也天子以有

罪而不忍即誅與之一邑而告以訓曰往字吾民而無重前悔故其受命也始懼而後喜自謂曰幸而謂夷陵之不幸也夫有罪而猶得邑又撫安之曰無重前悔是以自幸也昔春秋時鄭詹自齊逃來傳者曰甚佞人來矣佞人來矣此不欲佞人入其邦而惡其來甚之（一作之甚）之辭也脩之是行也以謂夷陵之官相與語於府吏相與語於家民相與語於道皆曰罪人來矣凡夷陵之人莫不惡之而不欲入其邦若魯國之惡鄭詹來者故曰夷陵不幸也及舟次江陵之建寧縣人來自夷陵首蒙示書一通言文意勤不徒不惡

之而又加以厚禮出其意料之外不勝甚喜而且有不自遂之心焉夫人有厚己而自如者恃其中有所以當之而不愧也如脩之愚少無師傳而學出己見未一發其蘊忽發焉果輒得罪是其學不本實而其中空虛無有而然也今猶未獲一見君子而先辱以書待之厚意以空虛之質當甚厚之意竊懼既見而不若所待徒重媿爾且爲政者之懲有罪也若不鞭膚刑肉以痛切其身則必擇惡地而斥之使其奔走顛躓窘苦左山右壑前虺虎而後蒺藜動不逢偶吉而輒奇凶其狀可爲閔笑所以深困辱之者欲其知

自悔而改爲善也此亦爲政者之仁也故脩得罪也與之一邑使載其老母寡妹浮五千五百之江湖冒大熱而履深險一有風波之危則叫號神明以乞須臾之命幸至其所則折身下首以事上官吏人連呼姓名喝出使拜起則趨而走設有大會則坐之壁下使與州校役人爲等伍得一食未徹俎而先走出上官遇之喜怒訶詰常斂手慄股以伺顔色冀一語之溫和不可得所以困辱之如此者亦欲其能自悔咎而改爲善也故脩之來也惟困辱之是期今乃不然獨蒙加以厚禮而不以有罪困辱之使不窮厄而得

其所爲以無重悔如前訓可謂幸矣然懼其頑心而不知自改也夫士窮莫不欲人之閔己然非有深仁厚義君子之閔矣（疑）則又懼且懟焉謹因弓手還敢布所懷不勝區區伏惟幸察

外集卷第十七

代楊推官上呂相公書

伊尹者（一無者字）私自（一作私以）嘗獨念昔有聞於先君大夫者（一作獨念昔者有聞於先君大夫）

與高司諫書

於予友尹師魯問足下（一作問予友尹師魯以足下）

不可屈之節（屈字下一有曲字）不以賢者（一作以不賢者）

與尹師魯第一書 見有詭死（有一作其）

第二書 五七盃（一作七五盃）

第四書 及陝（一作及至陝）

回丁判官書 自如（一作自恕）令乃（一作乃令）

外集卷第十八　　歐陽文忠公集六十八

書三

與謝景山書

脩頓首再拜景山十二兄法曹：昨送馬人還，得所示書并古瓦硯歌一軸，近著詩文又三軸，不勝欣喜。景山留滯州縣，行年四十，獨能異其少時儁逸之氣，就於法度根蔕一作柢前古，作爲文章，一下其筆，遂高於人，乃知駔駿之馬奔星覆駕，及節之鑾和以駕五輅而行於大道，則非常馬之所及也。古人久困不得其志，則多躁憤佯狂，失其常節，接輿、屈原之輩是也。景山愈困愈刻意又能恬（一作安）然習於聖人之道賢於古人遠矣其嘗自負平生不妄許人之交而所交必得天下之賢才今景山若此於吾之交有光所以其益得自負也幸甚幸甚與君讜往還書不如此何以發明然何必懼人之多見也若欲衒長而聦短則是有爭心於其中有爭心則意不在於謀道也荀卿曰有爭氣者不可與辯此之謂也然君讜既規景山之短不當以示人彼以示人景山不當責之而欲自蔽也願試思之此縣常有人入京頻得書信往還今者茲人入京作書多未能子細夏熱千萬自愛

答李淑内翰書

脩啓。脩違去門館，今三年矣。罪棄之迹，不敢自齒於人，是以雖有誠心饑渴之勤，而奏記通問，彌時曠闕。惟侍憐憫，寬而置之。今月六日，鄆中蒙賜手書，加以存恤憔悴之意，感恍何勝，幸甚幸甚。問及五代紀傳，脩曩在京師，不能自閑，輒欲妄作，幸因餘論，發於教誘，假以文字，力欲奬成。不幸中間，自罹咎責，爾來三年，陸走三千，水行萬里，勤職補過，營私養親，偷其暇時，不敢自廢，收拾綴緝，粗若有成。然其銓次去取，須有義例，論議褒貶，此豈易當？故雖編摭甫就，而首尾

顛倒未有卷第當更資指授終而成之庶幾可就也蕞爾之質列（一作限）於囚拘瞻望門墻豈任私恨

答孫正之（侔）第一書

脩白孫生足下丁元珍書至辱所示書及雜文二篇辭博義高而不違於道甚喜甚喜元珍言足下好古自守不妄接人雖居鄉閭罕識其面其特立如此而乃越千里以書見及若某者何以當之豈足下好忽近而慕遠邪得非以道見謀不爲遠近親踈然者也僕愚學不足以自立而氣力不足以動人而言不見信於世不知足下何爲而見及令又豈足下所取信

者下元珍愛我而過譽邪學者不謀道久矣然道固不弟廢而聖人之書如日月卓乎其可求苟不爲刑禍祿利動其心者則勉之皆可至也惟足下力焉而不止則不必相見以目而後可知其心相語以言而後可盡其說也以所示文求足下之志苟不惑而止則僕將見足下大發于文著于行而質于行事以要其成焉

答孫正之第二書

某再拜人至辱書甚勤前年丁元珍得所示書喜吾子之好學自立然未深相知及得今書乃知吾子用

心如此僕與吾子生而未相識面徒以一言相往來而吾子遽有愛我之意欲戒其過使不陷於小人此非惟朋友之義乃（一作而）吾父兄訓我者不過如此也僕自知何足愛而吾子所愛者道也世之知道者少幸而有焉又自爲過失以取累不得爲完人此吾子之所悉也僕知道晚三十年以（一作前）尚好文華嗜酒歌呼知以爲樂而不知其非也及後少識聖人之道而悔其往咎則已布出而不可追矣聖人曰勿謂小惡爲無傷言之可慎也如此爲僕計者已無奈何惟有力爲善以自贖爾書曰改過不吝書不譏成湯之

過而稱其能改則所以容後世之能自新者聖人尚爾則僕之改過而自贖其不晚也吾子以謂如此可乎尚為未可則願有可進可贖之說見教吾子待我者厚愛我者深惜乎未得相見以規吾子之所未至者以報大惠蓋其他不足以為報也值多事不子細

與王源叔問古碑字書

脩頓首白源叔學士秋涼體候無恙脩以罪廢不從先生長者之遊久矣今春蒙恩得徙茲邑然地僻而陋罕有學者幸而有之亦不足與講論或事有凝滯無所考正則思見君子北首瞻望而已縣有古碑一

方（一作斫）在近郊數大冢之間，圖經以爲儒翟先生碑。其文云：先生諱壽，字元考，南陽隆人也。大略述其有道不仕，以斅學爲業，然不著其姓氏。其題額乃云亯儒斅（一作亯儒斅）先生碑，斅字疑非翟字，而莫有識者。許慎說文亦不載，外方無他書可考正。其文辭簡質，皆隸書，書亦古樸，隱隱猶可讀。乃云熹平三年所立，去今蓋八百五十六年矣。漢之金石之文存於今者蓋寡，惜其將遂磨滅，而圖記所載訛謬若斯，遂使漢道草莽之賢湮没而不見。源叔好古博學，知名今世，必識此字，或能究見其人本末事迹，悉以條示，幸甚幸

甚原叔居京師事多不當以此煩聽覽漸寒千萬保重不宣

與刁景純學士書

脩頓首啓近自罷乾德遂居南陽始見謝舍人知丈丈内翰凶訃聞問驚怛不能已已丈丈位望並隆然平生亦嘗坎軻數年以來方履亨塗任要劇其去大用尺寸間爾豈富與貴不可力爲而天之賦予多少有限邪凡天之賦予人者又量何事而爲之節也前既不可詰但痛惜感悼而已其自束髮爲學初未有一人知者及首登門便被憐奬開端誘道勤勤不已

至其粗若有成而後止雖其後遊於諸公而獲齒多士雖有知者皆莫之先也然亦自念不欲効世俗子一遭人之顧已不以至公相期反趨走門下脅肩諂笑甚者獻讒諛而備使令以卑昵自親名曰報德非惟自私直亦待所知以不厚是故懼此惟欲少勵名節庶不泯然無聞用以不負所知爾某之愚誠所守如此然雖胥公亦未必諒某此心也自前歲得罪夷陵奔走萬里身日益窮迹日益踈不及再聞語言之音而遂爲幽明之隔嗟夫世俗之態既不欲爲愚誠所守又未克果惟有望門長號臨柩一奠亦又不及

此之爲恨何可道也徒能惜不永年與未大用遂與道路之人同歎爾知歸葬廣陵遂謀京居議者多云不便而聞理命若斯必有以也若須春水下汴某歲盡春初當過京師尚可一拜見以盡區區身賤力微於此之時當有可致而無毫髮之助慚愧慚愧不宣

某再拜

與陳員外書

陳君足下無恙近縣幹上府得書一角屬有少吏事

不皇作報既而私有惑者脩本愚無似固不足以希
執友之遊然而羣居平日幸得肩從齒序跪拜起居
竊兄弟行寓書存勞謂宜有所款曲以親之之意柰
何一幅之紙前名後書且狀且牒如上公府退以尋
度非謙即踈此乃世之浮道之交外陽相尊者之爲
非宜足下之所以賜脩也古之書具惟有鉛刀竹木
而削札爲刺止於達名姓寓書於簡止於舒心意爲
問好惟官府吏曹凡公之事上而下者則曰符曰檄
問訊列對下而上者則曰狀位等相以往來曰移曰
牒非公之事長吏或自以意曉其下以戒以飭者則

曰教下吏以私自達於其屬長而有所候問請謝者則曰牋記書啓故非有狀牒之儀施於非公之事相參如今所行者其原蓋出唐世大臣或貴且尊或有權於時搢紳湊其門以傳嚮者謂舊禮不足爲重務稍增之然始於刺謁有參候起居因爲之狀及五代始復以候問請謝加狀牒之儀如公之事然止施於官之尊貴及吏之長者其僞繆所從來既遠世不根古以爲當然居今之世無不知此而莫以易者蓋常俗所爲積習以一作己穼而不得以更之也然士或同師友締交游以道誼相期者尚有手書勤勤之意猶

為近古噫候問請謝非公之事有狀牒之儀以施于尊貴長吏猶曰非古之宜用況又用之於肩從齒序跪拜起居如兄弟者乎豈足下不以道義交游期我而惜手書之勤邪將待以庸俗積習者而姑用世禮以遇我之勤邪不然是爲浮道以陽相尊也是以不勝拳拳之心謹布左右屬以公檄赴滑臺行視驛傳迫於促裝楊秀才旦（一作且）詣縣府中事可悉數

答祖擇之書

脩啓秀才人至蒙示書一通并詩賦雜文兩策諭之曰一覽以爲如何某既陋不足以辱好學者之問又

其少賤而長窮其素所爲未有足稱以取信於人亦嘗有人問者以不足問之愚而未嘗答人之問足下卒然及之是以愧懼不知所言雖然不遠數百里走使者以及門意厚禮勤何敢不報某聞古之學者必嚴其師師嚴然後道尊道尊然後篤敬篤敬然後能自守能自守然後果於用果於用然後不畏而不遷三代之衰學校廢至兩漢師道尚存故其學者各守其經以自用是以漢之政理文章與其當時之事後世莫及者其所從來深矣後世師法漸壞而今世無師則學者不尊嚴故自輕其道輕之則不能至不至

則不能篤信信不篤則不知所守守不固則有所畏而物可移是故學者惟俯仰徇時以希禄利爲急至於忘本趨末流而不返夫以不信不固之心守不至之學雖欲果於自用莫知其所以用之之道又況有禄利之誘刑禍之懼以遷之哉此足下所謂志古知道之士世所鮮而未有合者由此也足下所爲文用意甚高卓然有不顧世俗之心直欲自到於古人今世之人用心如足下者有幾是一作士則鄉曲之中能爲足下之師者謂誰交游之間能發足下之議論者謂誰學不師則守不一議論不博則無所發明而究其

深足下之言高趣遠甚善然所守未一而議論未精此其病也竊惟足下之交游能爲足下稱才譽美者不少今皆捨之遠而見及乃知足下是欲求其不至此古君子之用心也是以言之不敢隱夫世無師矣學者當師經師經必先求其意意得則心定心定則道純道純則充於中者實中充實則發爲文者輝光施於世者果致疑三代兩漢之學不過此也足下患世未有合者而不棄其愚將某以爲合故敢道此未知足下之意合否

與田元均論財計書

脩啓。承有國計之命，朝野忻然，引首西望。近審已至闕下，道路勞止，寢味多休。弊乏之餘，諒煩精慮。建利害，更法制，甚易；若欲其必行而無沮改，則實難。裁冗長，塞僥倖，非難；然欲其能久而無怨謗，則不易。為大計既遲久而莫待，收細碎又無益而徒勞。凡相知為元均慮者多如此說，不審以為如何？但日冀公私蒙福。爾春暄，千萬為國自厚。一作重 不宣。脩再拜。

答徐無黨第一書

脩白：人還，惠書及始隱書論等，并前所記獲麟論文辭馳騁之際，豈常人筆力可到？於辨論經旨則不敢以爲是蓋吾子自信甚銳又嘗取信於其苟以爲然誰能奪凡今治經者莫不患聖人之意不明而爲諸儒以自出之說汩之也今於經外又自爲說則是患沙渾水而投土益之也不若沙土盡去則水清而明矣魯隱公南面治其國臣其吏民者十餘年死而入廟立謚稱公則當時魯人孰謂息姑不爲君也孔子脩春秋凡與諸侯盟會行師命將一以公書之於其卒也書曰公薨則聖人何嘗異隱於他公也據經隱公立十一年而薨則左氏何從而知其攝公羊穀梁何從而見其有讓桓之迹吾子亦何從而云云也

仲尼曰吾其爲東周乎與吾子起於平王之說何相反之甚邪故某常告學者慎於述作誠以是也秋初許相訪此不子細略開其端吾子必能自思而得之不宣某書白

答徐無黨第二書

脩再拜白前夜自外歸燈下得吾子書言陳烈事亟讀之未暇求陳君之所爲尤愛吾子辭意甚質徑知吾子之有成不負其千里所以去父母而來之之意脩亦粗塞責不愧于吾子之父母與親戚鄰里鄉黨之人甚善甚善脩今歲還京師職在言責值天下多

事常日夕汲汲爲明天子求人間利病無小大皆躬自訪問於人又夏大暑老母病故不得從今學者以遊得少如前歲之樂自入京來便聞陳君之名數以問於人多不識今得吾子所言如見其面矣幸母病今已愈望時過且謀共見陳君

與陳之方書

其白陳君足下其憂患早衰之人也廢學不講久矣而幸士子不見棄日有來吾門者至於粹然仁義之言韙然閎博之辯蔚然組麗之文閲於吾目多矣若吾子之文辨明而曲暢峻潔而舒遲變動往來有馳

有止而皆中於節使人喜慕而不厭者誠難得也其固不能悉得天下之士然盡其所見如吾子之文豈一二而可數哉爲而不止行而必至畜厚而發益遠吾雖不能悉得天下之士然天下之士如吾子者可一二而數也某老矣心耗力憊有所不能徒喜後生之奮於斯也恨不得鳴躍於其間而從之姑奉此爲謝

外集卷第十八

答孫正之第一書今文二字疑衍

第二書三十年前一作年三十以前

答祖擇之書兩策一作兩冊未知足下之意合否一知字下有於字

答徐無黨書於辨論經旨於字上一有至字并前所記記一作寄

外集卷第十九　　歐陽文忠公集六十九

書四

答宋咸書至和三年

某啓去年冬承惠問時以奉使契丹不皇爲答兹者人至辱書豈勝感愧其區區于此無補當時徒於京師大衆中汩汩人事舊學都廢耳不聞仁義之言久矣惟君子不以甘榮禄走聲利之徒見待時有所教幸甚幸甚天日之高以其下臨於人者不遠而自古至今積千萬人之智測驗之得其如此故時亦有差者由不得其真也聖人之言在人情不遠然自戰國

及今述者多矣所以吾儕猶不能默者以前人未得其真也然亦當積千萬人之見庶幾得者多而近是此所以學者不可以止也足下以爲如何尚或不然當賜教向熱爲政外自重以副所懷不宣某再拜

與集賢杜相公 慶曆四年秋

脩皇恐頓首三兩日不審尊體動止何似某被催赴任不得躬造門下豈勝戀戀之誠保州叛卒必欲招之而外不退兵雖使忠臣孝子不免疑惑今又聞有築城之請雖知朝廷不以爲是而便宜之旨已下軍前萬一他事盡如築城之繆遂不請而便宜從事脱

有敗誤則一方之事繫天下安危伏惟聰明何以裁處其才薄力劣不足以備急緩一作緩急之用若止於調發輸餉此俗吏之所能爲故自請願與田李共議兵事至今寢而不報內竊自度不報誠宜然朝廷既已力排言事者而託以用才於外令反疑之而不任以事何以解言者之惑哉此其之不可諭也秋暑尚繁伏惟爲國自重

答李大臨學士書

脩再拜人至辱書甚慰永陽窮僻而多山林之景又嘗得賢士君子居焉脩在滁之三年得博士杜君與

處甚樂每登臨覽泉石之際惟恐其去也其後徙官廣陵忽忽不逾歲而求一作來潁在潁逾年差自適然滁之山林泉石與杜君共樂者未嘗輒一日忘于心也今足下在滁而事陳君與居足下知道之明者固能達于進退窮通之理能達於此而無累於心然後山林泉石可以樂必與賢者共然後登臨之際有以樂也足下所得與脩之得者同而有小異者脩不足以知道獨其遭世憂患多齒髮衰因得閑處而爲宜爾此爲與足下異也不知足下之樂惟恐其去能與脩同否況足下學至文高宜有所施於當世不得若

某之戀戀此其與某異也得陳君所寄二圖覽其景物之宛然復思二賢相與之樂恨不得追逐于其間因人還草率

答陳知明書

脩再拜啓人至辱書有秦燕玉馬之説何其謙之甚邪某昨在廣陵一相見於衆人中未有相知之意及食將徹案方接足下以言而始知其非衆人也然尚不暇少留以盡脩之所欲得者後常以爲恨也去年辱書于潁又客之來自滁者皆能道足下之事於是判然以爲士之相知或相望於千里或相追於異世

知其道而已不必接其迹也則廣陵之不留無足以爲恨此前書所道勤勤備矣其於足下不必見其文章之自述然後以爲知也明矣蓋嘗辱示詩及書讀而愛之不已以謂閎博高深必有放縱奔馳而可喜者雖得之多宜不厭也因復輒有求於足下者譬之垂涎已啖一臠之味而思快意於五鼎之間也何足怪哉幸足下無惜

與王深甫論世譜帖

脩啓憲借顔氏譜得見一二大幸前世常多喪亂而士大夫之世譜未嘗絶也自五代迄今家家亡之由

士不自重禮俗茍簡之使然雖使人人自求其家猶不可得況一人之力兼考於繆亂亡失之餘能如所示者非深甫之好學深思莫能也頗譜且留愚有未達須因見過得請集古録未始委僮奴昨日大熱艱於檢尋今送不次脩再拜

同前

脩啓辱示承旦莫體佳高陽説如此爲得之矣載初元年正月乃永昌年之十一月爾當與永昌同年天授庚寅載初己丑爾然自天授至長安四年甲辰凡十五年使自武德不除周年則乾元己亥乃一百四

十二年除周年則大曆乙卯爲一百四十年乙卯大曆十年也哥舒晃事在八年又江西出兵不當越數千里出於明州此又可疑前日奉答（一作啓）後再將校勘却未敢書更俟面議也蓋江西出嶺路絶近次則出湖南已爲稍遠就令出明州非江西可節制也病疾（一作嗽）無悰姑此爲報脩頓首

同前

脩啓蒙疏示開益已多感服何已唐除周歲誠如所諭兼竊罷明州在建中二年則大曆八九年後徹爲明守而竊代之以年數推之與乾元之説不較可知

但恐除周之年前人未必如此難以臆斷爲定當兩載之使來者自擇也高陽門徒之説恐便是高陽人未知何如（一作如何）郭子儀家傳等先送碑當續馳脩再拜所推誠好然更深思唐人除周之説恐未必然也則天是天授中改周惟復是載初相較亦只一年爾

與王深甫論五代張憲帖

脩啓辱教甚詳蒙益不淺所疑所論皆與脩所考驗者同今既疑之則欲著一小論于傳後以哀其忠如此得否脩之所書只是變賜死爲見殺於憲無所損

益憲初節甚明，但棄城而走不若守位而死，已失此節則見殺與賜死同爾。其心則可喜，但舉措不中爾。更爲不見張昭傳中所載，或爲錄示，尤幸。目痛草草，不次。脩再拜。莊宗月一日遇弑，存霸在河中，聞變走太原見殺，而憲亦走忻州。明宗初三日入洛，十日監國，二十日即位，憲二十四日死。初以此疑之。又本傳言明宗郊天，憲得昭雪，則似非明宗殺之，更爲思之如何。

同前

脩啓：辱教益詳盡，多荷多荷。存霸奔太原，人言其馬鞦斷疑其戰敗而來存覇乃以情告仍自髠衣僧衣見符彦超曰願爲山僧望公庇護彦超亦欲留之俟朝命爲軍衆所殺若此則憲似知莊宗已殁據張昭勸憲奉表則知新君立明矣但不知其走忻州何故也此意可喜而死不得其所爾食後見過更盡高議可乎脩再拜

問王深甫五月一日會朝帖

脩啓信宿爲况清佳前日貪奉笑言有一事數日欲咨問偶忘之唐時有五月一日會朝之禮略記其始本出於道家是日君臣集會其儀甚盛而其説不經

不知起自何帝亦記得是開元巳後方有略與批示其時爲幸脩再拜　中間嘗罷後又復行復行恐是憲宗朝亦不記子細

與杜訢論祁公墓誌書

脩啓專人至辱書伏承暑熱孝履支福深慰企想所要文字終不曾得的實葬日以謂卜日尚遠遂未曾銓次忽辱見索亦莫知葬期遠近爲一兒子患傷寒三次勞發已（二字一作後）一月在牀虚乏可憂日夕憂迫心緒紛亂不能清思於文辭縱使強爲之辭亦不工有玷清德如葬期逼乞且令韓舍人將行狀添改作

誌文脩雖遲緩當自作文一篇紀述平生知己先相公最深别無報荅只有文字是本職固不辭雖足下不見命亦自當作然須慎重要傳久遠不鬬速也茍粗能傳述於後亦不必行疑況治命不用邪若葬期未有日可待即尤好也然亦只月十日可了若以愚見誌文不若且用韓公行狀爲便緣脩文字簡略止記大節期於久遠恐難滿孝子意但自報知己盡心於紀録則可耳更乞裁擇范公家神刻爲其子擅自增損不免更作文字發明欲後世以家集爲信續得録呈尹氏子卒請韓太尉别爲墓表以此見朋友門

生故吏與孝子用心常異脩豈負知己者范尹二家亦可爲鑒吏思之然能有意於傳久則須紀大而略小此可與通識之士語足下必深曉此但因葬期速恐倉卒不及遂及斯言也幸察京師區區中日爲病患憂煎不時遣人致問夏熱節哀自愛

同前

脩啓秋涼不審孝履何似前於遞中辱書所示誌文今已撰了爲無得力人遂託李學士送達脩愚鄙辱正獻公知遇不比他人公之知人推奬未有若脩之勤者脩遇知己未有若公知之深也其論報之分他

事皆云非公所欲惟紀述盛德可以盡門生故吏之分然以衰病文字不工不能次序萬分之一此尤爲愧恨也然所紀事皆録實有稽據皆大節與人之所難者其他常人所能者在他人更無巨美不可不書於公爲可略者皆不暇書（如作提刑斷獄之類）然又不知尊意以爲何如苟見信甚幸或擇一真楷書而字畫不恠者書之亦所以傳世易曉之意也刻石了多乞數本爲人來求者多矣事知定十月不知何人篆蓋早了爲善昨禮院定謚曰正獻（清白守節曰正正避御名獻音同所改也文賢有成曰獻義兼文御文正矣）知己今不可得每臨公事但知感涕爾漸

寒侍親千萬節哀自愛不宣脩再拜

問劉原甫侍讀入閤儀帖

入閤之禮起自何年（閤是何殿）開延英亦起何年五日一起居遂廢正衙不坐起何年三者孤陋所不詳乞示其本末

脩啓辱示甚煩尊用然得以開釋未悟其幸尤多感刻感刻問此一事本爲明宗置内殿起居又復入閤當時緣昭宗朝誤繆不合故事也朔望宣政一事尤失紫宸入閤本制也（然不見初起年代）今乃入閤卻御前殿（此自昭宗失之）延英之對與入閤合儀（亦自昭宗失之）起居而廢正

衙自明宗失之至今遂爾含元大殿大朝會宣政常朝謂之正衙本爲玄宗朔望以陵寢薦食不復御正殿始於便殿召入宰臣已下此入閤之漸今云朔望御宣政殿大失之矣延英便殿亦謂入閤乃五日一開與宰臣議事宣政立而奏事託賜坐茶湯延英賜坐而論事蓋漸密而漸親也昭宗始一日中九度開延英入閤仍於一度開延英一日行之前殿入閤唐末即於朔望日前殿正衙殿行入閤自後唐至國朝並於文明殿行入閤皆非便殿或指朔望宣政爲入閤者誤說也脩於史已不熟於制度又不熟乞爲參詳之

與蔡君謨求書集古錄序書

脩啓歸一作曩在河朔不能自閑嘗集錄前世金石之遺文自三代以來古文奇字莫不皆有中間雖罪戾擯斥水陸奔走顛危困踣兼之人事吉凶憂患悲愁

無聊倉卒未嘗一日忘也蓋自慶曆乙酉逮嘉祐壬寅十有八年而得千卷顧其勤至矣然亦可謂富哉竊復自念好嗜與俗異馳乃獨區區收拾世人之所棄者惟恐不及是又可笑也因輒自敘其事庶以見其志焉然顧其文鄙意陋不足以示人既則（一作而）自視前所集錄雖浮屠老子詭妄之說常見貶絕於吾儒者往往取之而不忍遽廢者何哉豈非特以其字畫之工邪然則字書之法雖爲學者之餘事亦有助於金石之傳也若浮屠老子之說當棄而獲存者乃直以字畫而傳是其幸而得所託爾豈特有助而已

哉僕之文陋矣顧不能以自傳其或幸而得所託則未必不傳也由是言之爲僕不朽之託者在君譔一揮毫之頃爾竊惟君子樂善欲成人之美者或聞斯說謂宜有不能却也故輒持其說以進而不疑伏惟幸察

與樂秀才第一書 景祐三年 續添

某白秀才樂君足下昨者舟行往來皆辱見過又蒙以所業一冊先之啓事宛然如後進之見先達之儀其年始三十矣其不從鄉進士之後者於今纔七年而官僅得一縣令又爲有罪之人其德爵齒三者皆

不足以稱足下之所待此其所以爲慙自冬涉春陰沴不止夷陵水土之氣比頻作疾又苦多事是以闕然聞古人之於學也講之深而信之篤其充於中者足而後發乎外者大以光譬夫金玉之有英華非由磨飾染濯之所爲而由其質性堅實而光輝之發自然也易之大畜曰剛健篤實輝光日新謂夫畜於其内者實而後發爲光輝者日益新而不竭也故其文曰君子多識前言往行以畜其德此之謂也古人之學者非一家其爲道雖同言語文章未嘗相似孔子之繫易周公之作書奚斯之作頌其辭皆不同而各

自以爲經子游子夏子張與顔回同一師其爲人皆不同各由其性而就於道耳今之學者或不然不務深講而篤信之徒巧其詞以爲華張其言以爲大夫強爲則用力艱用力艱則有限有限則易竭又其爲辭不規模於前人則必屈曲變態以隨時俗之所好鮮克自立此其充於中者不足而莫自知其所守也竊讀足下之所爲高健志甚壯而力有餘譬夫良駿之馬有其質矣使駕大輅而王良馭之節以和鑾而行大道不難也夫欲充其中由講之深至其深然後知自守能如是矣言出其口而皆文脩見惡於時棄

身此邑不敢自齒於人人所共棄而足下過禮之以賢明巧正見待雖不敢當是以盡所懷爲報以塞其慙其頓首

京本英辭類稾有答樂秀才二書首尾意頗相類其一居士集所無今録如右其二雖載居士集而用字或不同併列于左

見居士集四十七卷

外集卷第十九

按居士集第四十七卷有答宋咸書論補注周易

其末云屬出疆忽忽不具蓋至和二年冬也今此卷所載次年夏答咸之書謂去冬不皇爲答得非前書之後咸復有書而未答耶

答家藏書 茲者人至此下一有又字

與王深甫論世譜 前世真蹟世字下有固字況一人之力真蹟況字下有以字

同前 以集古跋裴公紀德碣觀之則此帖正論此事其書百四十年爲疑脫零數

同前 代亡代一作代之

與梁君談書 自三代此下一有秦漢二字奔走此下一有山川險阻四字不足以示人不字上一有恐字自傳此下一有也字

策問

問進士策題五道

問：古之人作詩，亦因時之得失，鬱其情於中而發之於詠歌而已。一人之爲詠歌，歡樂悲瘁，宜若所繫者未爲重矣。然子夏序詩，以謂動天地、感鬼神，莫近於詩者。詩之言果足以動天地、感鬼神乎？

問：古之爲聖人者莫如舜，賢而與聖人近者莫如顏回。仲尼稱虞舜不可及，而顏氏其殆庶幾。至其稱舜之所爲，則曰好問而好察邇言而已；稱顏氏之好學

則曰不遷怒不貳過而已然則如是者是爲不可及與庶幾乎

問漢宣中興丙魏爲相後之人言爲相之賢者必稽焉宜其有興樹之業顯於世也及觀其紀傳亦無他功德相獨有明堂月令一章吉之事大槩而已不識丙魏之所以得賢於後世者可得見乎

問子丑寅三代之正也孔子何獨行夏之時説者曰夏時質也忠質文三代之政也孔子何獨曰從周之文使夏之時爲正則商周之時不正乎周之政尚文則夏商之政無文乎夫周以子則今之冬十一月乃

春正也商以丑則今之冬十二月乃春正也夫以冬十有一月十有二月頒春正於天下而教民之事無乃與天時相戾歟夫君臣之相和父子之相愛兄弟夫婦之相為悌順是文之本也仁以守之義以制之禮樂以和節之是文之成也使夏商而無文則夏商之世無君臣父子兄弟夫婦之制歟説者曰三代之正皆同也子丑寅出於後儒之妄也忠質文亦出於後儒之妄也使夫誠出於後儒之妄則孔子安有行時從文之説

問周天子之田方千里號稱萬乘萬乘之馬皆具又

有十二閑之馬而六卿三百六十官必皆各有車馬畢馬豈不多乎哉千里之地爲田幾何其牧養之地又幾何而能容馬若是之多乎哉千里之地爲田幾何馬之法又如何今天下廣矣常患無馬豈古之善養馬而今不善乎宜有説以對也

謚議

贈太尉夏守贇謚議

議曰謹按謚法世篤勤勞曰忠小心恭慎曰僖今考公之行狀言其父以軍校歿戰陣遂獲賞延子以君命死道塗得謚莊壯一作恪公自束髮已能孝謹遭遇

先帝給事左右材敏自力愈久益勤至於典掌師旅宿衛王宫出領節旄入登樞輔安享榮寵六十餘年方真宗時繼遷叛命用兵朔方契丹未和再瀆河北多事之際其勤最著或奔走自效不暇過於私家親暱雖至未嘗敢請恩澤歷小大之職無纖毫之過先朝用此尤加獎擢昨者西師始出父子迭行北顧之憂選任居首迫於奄忽厥用未彰較其始終其迹可見所謂勤勞著於奕世恭慎見於小心考之不誣宜以節惠謹合二灋謚曰忠僖謹議

順祖惠元睿明皇帝忌辰齋文

伏以積仁累德王業始於艱難追遠奉先孝治刑於

遐邇式臨諱日祗率舊章順祖惠元睿明皇帝肇啓

慶基克光前烈昭聖謨而貽厥隆廟德而可觀今皇

帝嗣繼大明克昌盛業屬諱辰而增感因佛事以薦

嚴順祖皇帝伏願如在之威亘百年而可畏無疆之

祚佑億世以垂休今皇帝伏願聖壽延鴻丕圖永固

然後願鈞衡舊德宗室羣英下洎臣民咸均福祐

祭文

祭沙山太守祈晴文

脩謹告祭于沙山太守之神脩扶護母喪歸祔先域大事有日陰雲屢興脩不孝罪逆賴天地鬼神哀憐行四千里之江得無風波之恐今即事矣幸神寬之假三日之不雨則始終之賜報德何窮尚饗

祭五龍祈雨文一作祭五龍神

伏以去秋之潦豐不補凶飢民食糟麥爲命而天久不雨苗將槁焉旱非人力之能移徒知奔走雨者龍神之所作其忍不爲薄奠拙辭致誠而已尚饗

祈晴文

吏之所以食民之賦而神之所以享民之祭祀者吏

以刑政庇民而神能以禍福加之也寃枉之無訴刑罰之不明此人力能爲而吏不舉之其過宜在吏水旱而不時饑饉而疾疫此人力所不能及而皆職神之由今自冬涉春雨雪不止居人無食市肆不開人皆食糟以延旦夕之命至於無食有自殺者此縣吏不能治民以致神禍之過此宜罰縣令之身使爲病恙災殃以塞其責不宜使數千户人皆受其災雨雪雖久及今而止民猶有望焉惟神閔之

祭東嶽文

某比者獲解郡章許還里閈方巾車而即路屬暑雨

之時行輒以愚誠仰干大造蒙神之惠賜以不違吹清飈而散陰暴秋陽以涸轍遂無道路之阻得返草茅之居荷德之深不知爲報一觴之潔謹用薦衷尚饗

祭金城夫人文

脩謹遣表弟鄭興宗以清酌庶羞之奠致祭于金城夫人之靈脩遭罹酷罰方在哀疚護喪歸葬千里之外忽承凶訃情禮莫伸聊陳薄奠致誠而已尚饗

祭王深甫文

嗟吾深甫孝悌行於鄉黨信義施於友朋貧與賤不

爲之恥富與貴不爲之榮雖得於内者無待於外物而不可掩者蓋由其至誠故方身窮於陋巷而名已重於朝廷若夫利害不動其心富貴不更其守處於衆而不隨臨於得而不苟惟吾知子於初世徒信子於久念昔居潁我壯而子方少年今我老矣來歸而送子于泉古人所居必有是邦之友況如子者豈止一邦之賢舉觴永訣夫復何言

譜

石本歐陽氏譜圖序

歐陽氏之先，本出於夏禹之苗裔。自帝少康封其庶子於會稽，使守禹祀，歷夏、商、周，以世相傳，至于允常。子曰句踐，是爲越王。越王句踐傳五世至王無彊，爲楚威王所滅，其諸族子分散，爭立，皆受封於楚而無彊之子蹄封於烏程歐餘山之陽，爲歐陽亭侯。其後子孫遂以爲氏。當漢之初，有仕爲涿郡太守者，子孫遂居于北，或居青州之千乘，或居冀州之渤海千乘之顯者曰生字和伯爲漢博士以經名家所謂歐陽尚書者是也渤海之顯者曰建字堅石所謂渤海赫赫歐陽堅石者是也建遇趙王倫之亂見殺其兄子質以其族南奔居于長沙其七世孫曰景達仕于齊不顯至其孫頠頠子紇仕于陳紇子詢詢子通仕于唐四世有聞遂顯自通三世生琮爲吉州刺史子孫因家于吉州自琮八世生萬又爲吉州安福令其後世或居安福或居廬陵或居吉水而脩之皇祖始居沙溪至和二年分吉水置永豐縣而沙溪分屬永豐今譜雖著廬陵而實爲吉州永豐人也蓋自亭侯跡

因封命氏自别於越其後子孫散亡不可悉紀其可紀者千乘渤海而已千乘之族自生傳八世至歙子復無後世絶經不傳家其他子孫亦皆微弱遂不復見而渤海之後獨見于今然中間失其世次者再蓋自賀奔長沙至于景達七世而始見自琮至于安福府君又八世而始見其後遂不絶安福府君之九世孫曰脩當皇祐至和之間以其家之舊譜問于族人各得其所藏諸本以考正其同異列其世次爲譜圖一篇自景達以後始得其次敍

景達 生一子

僧寶 生三子

頠 生二子

紇 生四子

詢 亮 德 器 胤

約 生一子

盛 闕

遂 闕

詢 生四子

長卿 闕

肅 生一子

倫 闕

通 生二子

幼明 生一子

湘 生二子

璟

幼讓 嗣

琮

自琮已下譜亡至其八世孫曰萬始復見于譜

萬 生一子名已

萁 生一子

雅 生二子

效 生三子

謨

託

遠

楚 生三子二名亡

萁

萁

戍

託 生三子

鄄 闕
郴 生八子

俊 生一子
伸 生一子
儀 生四子

翺 生一子
宏 生二子
猛 生二子
谷 生二子
寬 生五子

葛 三
至
起
麗
綬
煥
炳
曦
暐

伾 生子一

信 生子一

偃 生子三

載 生子一

素 生子三

端 無子

觀 生子二

晃

曉

煦

鑒

霈

曉

藹

昞

脩

宗古

旦 生子二
宗道

宗顏

曄 生子三
宗閔

宗孟

暹

翦 生子三

佺 生子二

凱

勳

羽 無子

景

穎 生子二

倣 生子三

昱

顗生一子名之

頊生一子名之

邦闕

惟歐陽氏自得姓以來子孫衆多而譜隨親疎宜有詳略其上世遠而支分跡者事或具於史或各見其家譜今自吉州府君而下具列如左

吉州府君諱琮葬袁州之萍鄉而子孫始家于吉州當唐之末黃巢攻陷州縣府君率州人扞賊鄉里賴以保全至今人稱其德

安福府君諱萬事迹闕

處士諱雅字正言高年不仕德行稱於鄉里夫人龍氏

韶陽府君諱效字德用爲韶州韶陽主簿夫人周氏

處士諱託字達明隱德不仕鄉里稱之凡民有爭决之官府者後多復訴訟有從處士平其曲直者遂不復爭夫人王氏

令公府君諱郴字可封仕南唐爲武昌令吉州軍事衙推官至檢校右散騎常侍兼御史大夫性至孝兄弟相友愛有紫芝一莖兩葩生於楹鄉人以爲孝德

所感爲著賦頌享年九十有四葬歐桂里横溪保之鷺湖夫人劉氏府君累贈金紫光禄大夫太師中書令夫人累封楚國太夫人

屯田府君諱俊第三十六仕南唐爲洪州屯田院判官享年五十七葬栗源夫人李氏

處士諱伸第三十七守道不仕享年七十有三葬滁陂夫人蕭氏

屯田府君諱儀第三十八字象之仕南唐舉進士及第官至屯田郎中府君之登進士第也父母皆在鄉里榮之乃改廬陵之文霸鄉安德里爲儒林鄉歐桂里其

所居履順坊爲具慶坊享年五十有五葬官山夫人王氏

處士諱伾第三十九守道不仕夫人王氏張氏

靜江府君諱信第四十仕南唐爲靜江軍團練使據宋奭所撰安福太君墓志列序八子官封云信爲靜江軍團練使兼憲秩南唐官品疑與令異享年二十有五葬曾家莊夫人郭氏

令公府君諱偃第四十一少以文學著稱南唐恥從進士舉乃詣文理院上書獻其所爲文十餘萬言召試爲南京街院判官享年三十八葬吉水之回陂夫人李氏府君累贈金紫光祿大夫太師中書令兼尚書令

夫人累封吳國太夫人

處士諱佺第四十二晦迹不仕享年四十有七葬東田夫人陸氏

工部府君諱傚第四十三仕皇朝爲許田令葬奉新累贈工部侍郎夫人李氏

處士諱翺事迹闕

處士諱宏事迹闕

處士諱猛葬馬家坑夫人鄭氏

水部府君諱谷爲筠州團練副使官至檢校水部員外郎葬傳家坑夫人王氏

封州府君諱寬爲封州司理參軍葬早禾坑夫人邊氏

工部府君諱載字則之淳化三年進士及第歐陽氏自江南歸朝以進士登科者自府君始爲人方重寡言真宗皇帝嘗自擇御史府君以祕書丞拜監察御史後知泗州毀龜山佛寺誅妖僧數十人爲政清廉簡靜所至官舍不窺園圃至果爛墮地家人無敢拾者官至尚書工部郎中享年六十有八夫人金壇縣君米氏

處士諱素事迹闕

處士諱端事迹闕

崇公諱觀字仲賓事具瀧岡阡表享年五十有九葬吉水沙溪之瀧岡累贈金紫光禄大夫太師中書令兼尚書令追封崇國公夫人彭城郡大君鄭氏累封魏國太夫人享年七十有二祔葬瀧岡

處士諱旦隱德不仕事母以孝爲鄉里所稱葬烏龜塘夫人彭氏

兵部府君諱曄字日華咸平三年進士及第官至都官員外郎歷知桂陽監端黄永三州所至有能稱尤長於决疑獄所得俸禄分養孤遺其兄之子脩少孤

教之如已子享年七十有九葬安州應城之彭樂村

夫人福昌縣君范氏其後兄子脩者以參知政事遇

今上登極恩贈府君兵部員外郎

處士諱翦事迹闕

處士諱羽事迹闕

職方府君諱穎字孝叔咸平三年進士及第官至尚書職方郎中歷知萬峽鄂歙彭岳閬饒八州爲政務嚴明有威惠以本官分司享年七十有三家于荆南遂葬焉夫人廣陵縣君曾氏

奉職府君諱顗爲三班奉職

殿直府君諱頊爲右班殿直

譜例曰姓氏之出其來也遠故其上世多亡不見譜圖之法斷自可見之世即爲高祖下至五世玄孫而別自爲世如此世久子孫多則官爵功行載於譜者不勝其繁宜以遠近親疏爲別凡遠者疏者略之近者親者詳之此人情之常也玄孫既別自爲世則各詳其親各繫其所出是詳者不繁而略者不遺也凡諸房子孫各紀其當紀者使譜諜互見親疏有倫宜視此例而審求之（諸房譜皆以此圖爲首）

吉州廬陵縣儒林鄉歐陽里

歐陽氏之先本出於夏禹之苗裔自帝少康封其庶子於于一作會稽使守禹祀傳二十餘世五字一作歷夏商周以世相傳至於允常允常之子曰句踐是爲越王越王句踐卒子王鼫與立自鼫與傳五世至王無疆爲楚威王所滅其諸族子分散爭立濱於江南海上皆受封於楚有封於歐陽亭者爲歐陽亭侯歐陽亭在今湖州烏程歐餘山之陽二十六字一作而無彊之子蹄封於烏程歐餘山之陽爲歐陽亭侯其後子孫遂以爲氏漢高祖滅秦得無疆之七世孫一有閩君字摇復以爲越王使奉越後而歐陽亭侯一有蹄字

之後有仕漢爲涿郡太守者子孫遂居于北一居冀州之渤海一居青州之千乘十四字一作或居青州之千乘或居冀州之渤海其居千乘四字一作千乘之顯者曰一有生字二字和伯仕于漢世爲博士以經名家所謂歐陽尚書者是也其居渤海四字一作渤海之顯者仕于晉最顯一無五字曰建字堅石所謂渤海赫赫歐陽堅石者是也建遇趙王倫之亂見殺其兄子質以其族奔于長沙由是子孫復于南仕于陳者曰頠威名著于南海頠之孫曰詢詢之子通仕于唐尤顯皆爲名臣其世居長沙猶以渤海爲封望自通三世生琮琮爲吉州刺史子孫因家焉今爲吉州

吉水人也自琮八世生萬萬爲安福縣令萬生惎惎生雅雅生效效生託託生皇高祖府君府君生子八人於世次爲曾祖令圖所列子孫皆出于八祖自安福府君以來遭唐末五代之亂江南陷于僭僞歐陽氏遂不顯然世爲廬陵大族而皇祖一有少鄉二字府君以儒學知名當世至今名其所居鄉曰儒林云及宋興天下一八祖之子孫稍復出而仕宦然自宋興三十年而吾先君伯父叔父始以進士登于科者四人後又三十年其與其兄之子乾曜又登于科今又殆將三十年矣以進士仕者又纔二人蓋自八祖以來傳

六世百年或絶或微分散扶踈而其達於仕進者何其遲而又少也今某獲承祖考之餘休列官于朝叨竊榮寵過其涯分而才旱能薄泯然遂將老死於無聞夫無德而禄辱也適足以爲身之媿尚敢以爲親之顯哉嗚呼自通而上其行事見於史自安福府君而下遭世故而無所施焉其不幸幼孤不得備聞祖考之遺德然傳於其家者以忠事君以孝事親以廉爲吏以學立身吾先君諸父之所以行于其躬教于其子弟者獲承其一二矣某又嘗聞長老言當黄巢攻破江西州縣時吉州尤被其毒歐陽氏率鄉人扞

賊賴而保全者千餘家子孫宜有被其陰德者顧甚不肖何足以當之傳曰積善之家必有餘慶今八祖之子孫甚衆苟吾先君諸父之行于其躬教于其子孫者守而不失其必有當之者矣故圖其世次傳于族人又志于其石以待自八祖以來遷徙婚嫁官封名謚與其行事則具于譜一本自以其族奔于長沙至其行事則具于譜五百五十七字改云以其族南奔已而晉室大亂歐陽氏之諸族曰衆曰迹曰純亦以其族隨晉渡江散居丹陽吳郡豫章然皆不顯而質之族居于長沙其七世孫曰景達仕于齊無所稱至其孫領頠子統統子詢詢子通仕于唐四世有聞遂顯自通三世生琮爲吉州刺史于孫因家于吉州自琮八世生萬萬又爲吉州安福縣令其後世或居安福或居廬陵或居吉水而譜著廬陵縣儒林鄉歐陽里爲定者因其舊也初

景達家于長沙之臨湘故自銘至通史皆以爲臨湘人而詢之舊譜則以渤海之重合縣都昌鄉仁貴里爲著定者亦因其舊矣自僖皇祖始居吉水之沙溪至和二年分吉水置永豐縣而沙溪屬永豐今之譜雖著廬陵而脩之世實爲吉州永豐人也自唐末之亂士族亡其家譜今雖顯族名家多失其世次譜學由是廢絶而唐之遺族往往有藏其舊譜者時得見之而譜皆無圖豈其亡之抑前世簡而未備歟因采太史公史記表鄭玄詩譜略依其上下旁行作爲譜圖上自高祖下止玄孫而别自爲世使别爲世者上承其祖爲玄孫下繫其孫爲高祖凡世再别而九族之親備推而上下之則知源流之所自旁行而列之則見子孫之多少夫惟多與久其勢必分此物之常理也凡玄孫别而自爲世世者各繫其子孫則上同其出祖而下别其親疏如此則子孫雖多而不亂世傳雖遠而無窮此譜圖之法也

譜圖

景達 生一子

僧寶 生三子

顔 生二子

紇 生四子

詢

詢 生子四
長卿 闕
肅 生子一
倫 闕
通 生子二
盛 闕
邃 闕
顗 闕
劭明 生子一
約 生子一
昶 生子一
亮
德
器
胤
璟

琮

幼讓闕

自琮以下七世其譜亡琮之八世孫曰彪彪弟曰萬萬生棊棊生雅自萬以下世次具如左

萬生一子名亡

棊生一子

雅生二子

效生三子

謨

託

楚生三子

遠

長子名亡

第二子名亡

戊

託 生子二

鄠 開

梆 生子八

俊 生子一

伸 生子一

儀 生子四

翔 生子一

顥 生子二

猛 生子二

谷 生子二

寬 生子四

葛

至

起

綬

麗

煥

炳

曦

暐

晃

煦

載 生子一

鑒

伾 生子一

素 生子一

霈

信 生子一

端 無子

偃 生子三

觀 生子二

昞

脩

旦 生子二

宗古

宗道

曄 生子三

宗顏

宗閔

宗孟

凱

翦 生子二

佺 生子一

勳

景

潁 生子二

傚 生子三

昱

顗 生子一

項 生子一

此譜圖與右本大宗相類雖子孫名諱輩名次之先後微有不同凡七十五處

右自亭侯跡因封命氏自別於越其後子孫散亡不

可悉紀其不可紀者千乘渤海之後蓋其後亡在乎人有其人雖歷千載不絶其人無所稱其世輒没不見可不勉哉千乘之族以尚書顯于漢自生傳歙八世歙子復無後世世絶經不傳家其他子孫亦遂微弱不復見而渤海之後獨見于今然或微或絶中間失其世次者爯蓋自質奔長沙至于景達七世而始見自琮至于安福府君又八世而始見其後遂不絶安福府君之九世孫曰脩當皇祐至和之間以其家之舊譜問于族人各得其所藏諸本以考正其同異大抵文字残闕其言又不純雅然取其所同多者并列

其世次爲譜圖一篇而略存其舊譜所載舊譜前列魏司空清河崔林宋太保王弘齊太尉王儉梁御史中丞王僧孺尚書兵部馬將臣賈贊等上又列唐吏部尚書高士廉中書舍人徐令言等重定其譜多載千乘之族至歙而止魏晉已後無復次序疑其脫亂不真其尤可疑者漢書曰生子和而譜自涿郡太守而下列其十世而無生太守亡其名字有其夫人曰楚春申君之女也生子曰睦字公安睦夫人陳氏生子曰欽字子敬欽夫人張氏生三子曰容曰述曰興皆不著其字而云同受業於濟南伏生容爲博士其

夫人夏侯氏生子曰巨字孝仁巨夫人戴德之女生子曰遠字叔遊遠夫人倪寬之女生子曰高字彥士高夫人孔安國之女生子而亡其名有其字曰仲仁仲仁夫人趙氏生子曰地餘字長賓地餘夫人戴氏生二子曰崇曰政政字少翁夫人孫氏生子曰歆字正思漢氏以歆爲和伯八世孫然今譜無生而有容又云容受尚書於伏生自容至歆八世疑漢所謂歐陽生者以其經師謂之生如伏生之類而其實名容容字和伯於義爲通此其可疑者也漢書曰高字陽而譜字彥士小不同此不足怪其夫人世家無可考

證莫知其是非故存之至於他說可知其繆者皆不録渤海之族自景達以下至于通事見于史記譜尤詳自幼明以下至于今或見于譜或得于家而多闕謹録乎左以俟乎將來自此後歷序譜中名字官爵壽數喪葬及夫人名氏有事迹可紀者各隨其人紀之

譜例曰姓氏之出其來也遠故其上世多亡不見譜圖之法斷自可見之世玄孫而別自爲世如此世久子孫多則官爵功行載於譜者不勝其繁宜有遠近親疏之限凡遠者疏者略之近者親者詳之此人情之常也玄孫既別自爲世則各詳其親

各承其所出是詳者不繁而略者不遺也凡諸房子孫各紀其當紀者使譜諜互見親疎有倫宜視此譜爲例而審求之

外集卷第二十一

前賢遺文往往集本異於石本按公集古録跋盤谷詩序云以集本校濟源石刻或小不同疑刻石誤竊謂非誤也後或改定爾故此譜不敢專以碑爲正而存集本於後

集本歐陽氏譜圖序

凡玄孫凡字上有故字一字孝士士一作世

譜圖二本其甚不同者如集本載寬四子素一子皆不名曉而石本則謂寬之第四子素之第二子皆名曉豈曉嘗出繼耶又集本肅生一子顗唐書世系表亦同而石本無之其間世次與表又多差殊二書皆經公手不應異同如此當考

又作書

九射格
歐文卷七十一

九射之格其物九為一大侯而寓以八侯熊當中虎居上麋居下雕雉猿居右雁兔魚居左而物各有籌射中其物則視籌所在而飲之射者所以為羣居之樂也而古之君子以爭九射之格以為酒禍起於爭爭而為歡不若不爭而樂也故無勝負無賞罰中者不為功則無好勝之矜不中者無所罰則無不能之誚探籌而飲飲非觥也無所恥故射而自中者有不得免飲而屢及者亦不得辭所以息爭也終日為樂而不恥不爭君子之樂也探籌之法一物必為三籌蓋射賓之數多少不常故多為之籌以備也凡令賓主

之數九人則人探其一八人則置其熊籌不及八人
而又少則人探其一而置其餘籌可也益之以籌而
人探其一或二皆可也惟主人臨時之約然皆置其
熊籌中則在席皆飲若一物而再中則視執籌者飲
量之多少而飲器之大小亦惟主人之命若兩籌而
一物者亦然凡射者一周既飲醻則斂籌而復探之
籌新而屢變矢中而無情或適當之或幸而免此所
以歡然為樂而不厭也

醉翁亭記云射者中弈者勝觥籌交錯恐或謂
此

譜　姓 并 記 附

硯譜

端石出端溪色理瑩潤本以子石爲上子石者在大石中生蓋精石也而流俗傳訛遂以紫石爲上又以貯水不耗爲佳有鸜鵒眼爲貴眼石病也然惟此巖石則有之端石非徒重於流俗官司歲以爲貢亦在他硯上然十無一二發墨者但充翫好而已歙石出於龍尾溪其石堅勁大抵多發墨故前世多用之以金星爲貴其石理微麤以手摩之索索有鋒鋩者尤

佳余少時又得金坑礦石尤堅而發墨然世亦罕有端溪以北嵓爲上龍尾以深溪爲上較其優劣龍尾遠出端溪上而端溪以後出見貴爾

絳州角石者其色如白牛角其文有花浪與牛角無異然頑滑不發墨世人但以研丹爾

歸州大沱石其色青黑斑斑其文理微麁亦頗發墨歸峽人謂江水爲沱蓋江水中石也硯止用於川峽人世未嘗有余爲夷陵縣令時嘗得一枚聊記以廣聞爾

青州紫金石文理麁亦不發墨惟京東人用之又有

鐵硯製作頗精然患其不發墨往往函端石於其中人亦罕用惟研筒便於提携官曹往往持之以自從爾

紅絲石硯者君謨贈余云此青州石也得之唐彦猷云須飲以水使足乃可用不然渴燥彦猷甚奇此硯以爲發墨不減端石君謨又言端石瑩潤惟有鋩者尤發墨歙石多鋩惟膩理者特佳蓋物之奇者必異其類也此言與余特異故并記之

青州濰州石末研皆瓦硯也其善發墨非石硯之比然稍麤者損筆鋒石末本用濰水石前世已記之故

唐人惟稱濰州今二州所作皆佳而青州尤擅名於世矣

相州古瓦誠佳然少真者蓋真瓦朽腐不可用世俗尚其名爾今人乃以澄泥如古瓦狀作瓦埋土中久而斲以為硯然不必真古瓦自是凡瓦皆發墨優於石爾今見官府典吏以破盆甕片研墨作文書尤快也虢州澄泥唐人品硯以為第一而今人罕用矣文房四譜有造瓦硯法人罕知其妙嚮時有著作佐郎劉羲叟者嘗如其法造之絕佳硯作未多士大夫家未甚有而羲叟物故獨余嘗得其二一以贈劉原父

一余置中書閣中尤以爲寶也今士大夫不學書故罕事筆硯硯之見於時者惟此爾

記

洛陽牡丹記

花品序第一

牡丹出丹州延州東出青州南亦出越州而出洛陽者今爲天下第一洛陽所謂丹州花延州紅青州紅者皆彼土之尤傑者然來洛陽纔得備衆花之一種列第不出三已下七字一作然列第三不能獨立與洛花敵而越之花以遠罕識不見齒然雖越人亦不敢自譽以

與洛陽爭高下是洛陽者果天下之第一也洛陽亦有黃芍藥緋桃（一有碧桃二字）瑞蓮千葉李紅郁李之類皆不減它出者而洛陽人不甚惜謂之果子花曰某花某花至牡丹則不名直曰花其意謂天下真花獨牡丹其名之著不假曰牡丹而（一有自字）可知也其愛重之如此說者多言洛陽於（一作居）三河間（一有最字）古善地昔周公以尺寸考日出沒測知寒暑風雨乖與順於此此蓋天地之中草木之華得中氣之和者多故獨與它方異予甚以爲不然夫洛陽於周所有之土四方入貢道里（一有遠近二字）均乃九州之中在天地崐崘（一作混淪）

旁薄之間未必中也又況天地之和氣宜遍被四方上下不宜限其中以自私夫中與和者有常之氣其推於物也亦宜為有常之形物之常者不甚美亦不甚惡及元氣之病也美惡鬲一作隔并而不相和入故物有極美與一作有極惡者皆得於氣之偏也花之鍾其美與夫癭木擁腫之鍾其惡醜好雖異而得分氣之偏病則均洛陽城圓一作圍數十里而諸縣之花莫及城中者出其境則不可植焉豈又偏氣之美者獨聚此數十里之地乎此又天地之大不可考也已凡物不常有而為害乎人者曰災不常有而徒可怪駭

不為害者曰妖語曰天反時為災地反物為妖此亦草木之妖而萬物之一怪也然比夫癭木擁腫者竊獨鍾其美而見幸於人焉余在洛陽四見春天聖九年三月始至洛其至也晚見其晚者明年會與友人梅聖俞游嵩山少室緱氏嶺石唐山紫雲洞既還不及見又明年有悼亡之戚不暇見又明年以留守推官歲滿解去只一作止見其蚤者是未嘗見其極盛時然目之所矚已不勝其麗焉余居府中時嘗謁錢思公於雙桂樓下見一小屏立坐後細書字滿其上思公指之曰欲作花品此是牡丹名凡九十餘種余時

不暇讀之，然余所經見而今人多稱者纔三十許種，不知思公何從而得之多也。計其餘雖有名而不著，未必佳也，故今所録但取其特著者而次第之：

姚黃　　魏花

細葉壽安　　鞓紅（亦曰青州紅）

牛家黃　　潛溪緋

左花　　獻來紅

葉底紫　　鶴翎紅

添色紅　　倒暈檀心

朱砂紅　　九蘂真珠

延州紅　多葉紫

麤葉壽安　丹州紅

蓮花萼　一百五

鹿胎花　甘草黄

一擫紅　玉板白

花釋名第二

牡丹之名或以氏或以州或以地或以色或旌其所異者而志之姚黄牛黄左花魏花以姓著青州丹州延州紅以州著細葉麤葉壽安潛溪緋以地著一擫紅鶴翎紅朱砂紅玉板白多葉紫甘草黄以色著獻

來紅添色紅九蘂真珠鹿胎花倒暈檀心蓮花等一百五葉底紫皆志其異者姚黃者千葉黃花出於民姚氏家此花之出於今未十年姚氏居白司馬坡其地屬河陽然花不傳河陽傳洛陽洛陽亦不甚多一歲不過數朶牛黃亦千葉出於民牛氏家比姚黃差小真宗祀汾陰還過洛陽留宴淑景亭牛氏獻此花名遂著甘草黃單葉色如甘草洛人善别花見其樹知為其花云獨姚黃易識其葉嚼之不腥魏家花者千葉肉紅花出於魏相仁溥家始樵者於壽安山中見之斲以賣魏氏魏氏池館甚大傳者云此花初出

時人有欲閲者人税十數錢乃得登舟渡池至花所魏氏日收十數緡其後破亡鬻其園今普明寺後林池乃其地寺僧耕之以植桑麥一作棗花傳民家甚多人有數其葉者云至七百葉錢思公甞曰人謂牡丹花王今姚黄真可爲王而魏花乃后也鞓紅者單葉深紅花出青州亦曰青州紅故張僕射齊賢有第西京賢相坊自青州以馲駝馱其種遂傳洛中其色類腰帶鞓故謂之鞓紅獻來紅者大多葉淺紅花張僕射罷相居洛陽人有獻此花者因曰獻來紅添色紅者多葉花始開而白經日漸紅至其落乃類深紅此

造化之尤巧者。鶴翎紅者，多葉花，其末白而（一作其）本肉紅，如鴻鵠羽色。細葉、麤葉壽安者，皆千葉肉紅花，出壽安縣錦屏山中，細葉者尤佳。倒暈檀心者，多葉紅花。凡花近萼色深，至其末漸淺；此花自外深色，近萼反淺白，而深檀點其心，此尤可愛。一擫紅者，多葉淺紅花，葉杪深紅一點，如人以手指擫之。九蘂真珠紅者，千葉紅花，葉上有一白點如珠，而葉密蹙，其蘂為九叢。一百五者，多葉白花。洛花以穀雨為開候，而此花常至一百五日開，最先。丹州、延州花，皆千葉紅花，不知其至洛之因。蓮花萼者，多葉紅花，青趺三重如蓮花萼左花者千葉紫花一有出民左氏家字葉密而齊如截亦謂之平頭紫朱砂紅者多葉紅花不知其所出有民門氏子者善接花以為生買地於崇德寺前治花圃有此花洛陽豪家尚未有故其名未甚著花葉甚鮮向日視之如猩血葉底紫者千葉紫花其色如墨亦謂之墨紫花在叢中旁必生一大枝引葉覆其上其開也比它花可延十日之久噫造物者亦惜之耶此花之出比它花最遠傳云唐末有中官為觀軍容使者花出其家亦謂之軍容紫歲久失其姓氏矣玉板白者單葉白花葉細長如拍板其色如玉而深

壇心洛陽人家亦少有余嘗從思公至福嚴院見之問寺僧而得其名其後未嘗見也潛溪緋者千葉緋花出於潛溪寺寺在龍門山後本唐相李藩别墅今寺中已無此花而人家或有之本是紫花忽於叢中特出緋者不過一二朶明年移在他枝洛人謂之轉（音篆）枝花故其接頭尤難得鹿胎花者多葉紫花有白點如鹿胎之紋故蘇相禹珪宅今有之多葉紫不知其所出初姚黃未出時牛黃為第一牛黃未出時魏花為第一魏花未出時左花為第一左花之前唯有蘇家紅賀家紅林家紅之類皆單葉花當時為第一

自多葉千葉花出後此花黜矣今人不復種也牡丹初不載文字唯以藥載本草然於花中不爲高第大抵丹延已西及褒斜道中尤多與荆棘無異土人皆取以爲薪自唐則天已後洛陽牡丹始盛然未聞有以名著者如沈宋元白之流皆善詠花草計有若今（五字一作當時有一花）之異者彼必形於篇詠（一作什）而寂無傳焉唯劉夢得有詠魚朝恩宅牡丹詩但云一叢千萬朶而已亦不云其美且異也謝靈運言永嘉竹間水際多牡丹今越花不及洛陽甚遠是洛花自古未有若今之盛也

風俗記第三

洛陽之俗大抵好花春時城中無貴賤皆插花雖負擔者亦然花開時士庶競爲遊遨往往於古寺廢宅有池臺處爲市井張幄帟笙歌之聲相聞最盛於月陂堤張家園棠　坊長壽寺東街與郭令宅至花落乃罷洛陽至東京六驛舊不進花自今徐州李相迪爲留守時始進御歲遣衙校一員乘驛馬一日一夕至京師所進不過姚黄魏花三數朶以菜葉實竹籠子藉覆之使馬上不動揺以蠟封花蔕乃數日不落大抵洛人家家有花而少大樹者盖其不接則不佳

春初時洛人於壽安山中斲小栽子賣城中謂之山篦子人家治地爲畦塍種之至秋乃接接花工尤著者謂之門園子（蓋本姓東門氏或是西門俗但云門園子亦由今俗呼皇甫氏多只云皇家也）豪家無不邀之姚黄一接頭直錢五千秋時立契買之至春見花乃歸其直洛人甚惜此花不欲傳有權貴求其接頭者或以湯中蘸殺與之魏花初出時接頭亦直錢五千今尚直一千接時須用社後重陽前過此不堪矣花之本去地五七寸許截之乃接以泥封裹用軟土擁之以蒻葉作庵子罩之不令見風日惟南向留一小户以達氣至春乃去其覆此接花

之法也用瓦亦可種花必擇善地盡去舊土以細土用白斂末一斤和之蓋牡丹根甜多引蟲食白斂能殺蟲此種花之法也澆花亦自有時或用日未出或日西時九月旬日一澆十月十一月二日二日一澆正月隔日一澆二月一日一澆此澆花之法也一本發數朶者擇其小者去之只留一二朶謂之打剝懼分其脉也花纔落便剪其枝勿令結子懼其易老也春初既去蒻庵便以棘數枝置花叢上棘氣暖可以辟霜不損花芽他大樹亦然此養花之法也花開漸小於舊者蓋有蠹蟲損之必尋其穴以硫黄簪之其旁又

有小穴如鍼孔乃蟲所藏處花工謂之氣窻以大鍼點硫黄末鍼之蟲乃死蟲死花復盛此醫花之法也烏賊魚骨以鍼花樹入其膚花輒死此花之忌也

牡丹記跋尾

右蔡君謨之書八分散隸正楷行狎大小草衆體皆精其平生手書小簡殘篇斷稾時人得者甚多惟不肯與人書石而獨喜書余文也若陳文惠公神道碑銘薛將軍碣真州東園記杭州有美堂記相州晝錦堂記余家集古録目序皆公之所書最後又書此記刻而自藏于其家方走人於亳以模本遺予使者未

復於闔而凶訃已至于亳矣蓋其絶筆於斯文也於戲君謨之筆既不可復得而予亦老病不能文者久矣於是可不惜哉故書以傳兩家子孫

外集卷第二十二

[illegible]惟此嵓石（此一作比）歸峽（此下一有間字）

[illegible]以自私（此下一有也字）偏氣之美（一作偏病之氣）萬

物之一怪也（或無一字）

[illegible]或以氏（以字下一有姓字）九蘂真珠（此下一有紅字下同）司馬

坡（一作坂）鬻其園（此下一有宅字）因曰（一作因名曰）有一白點如珠而葉密（一作點白如珠其葉密或作密其葉）丹州延州花（此下脫一者字）崇德寺（一作崇真寺）如拍板（此下一有之狀二字）不過一二朵（二一作兩）此花點矣（此一作其）丹延已西（已一作巳）

風俗記

人以菜葉（以一作用）尤著者（此下或有一人兩字）或用日未出或日西時九月旬日一澆十月十一月三日二日一澆正月隔日一澆二月一日一澆（一作或用日西或用日未出秋時旬日乃澆十月十一月二三々日一澆正月隔日一澆）以鍼花（三字上一有用字）入其膚花輒死（膚一作皮輒一作必）

士大夫家有公牡丹譜一卷乃承平時印本始列

花品序及名品與此卷前兩篇頗同其後則曰敘事宮禁貴家寺觀府署元白詩譏鄙吳蜀詩集記異雜記本朝雙頭花進花丁晉公續花譜凡十六門萬餘言前題吏部侍郎參知政事歐陽某撰後有梅堯臣跋蓋假託也姑以三事明之公之花釋名大槩謂自唐則天已後洛陽牡丹雖盛然沈宋元白未嘗形容其美且異劉夢得亦止云一叢千萬朵而已蓋言今之名品當時未有而此乃以元白常花唱酬爲一門一也花譜蔡君謨所書至今流傳熙寧元年公跋云君謨絶筆於斯文安得此

萬餘言者二也梅之後序云公初莅西洛作花品及參大政亦有謝西京王尚書牡丹詩案梅以嘉祐五年四月卒是冬公方入西府明年遷參政其妄尤甚三也此初無足辨特以印本流傳恐後人或信耳

外集卷第二十三　　歐陽文忠公集七十三

雜題跋

書李翱集後

予爲西京留守推官，得此書於魏君，書五十篇。予嘗讀韓文所作《哀歐陽詹文》云：「詹之事既有李翱作傳。」而此書亡之。惜其遺闕者多矣。

書梅聖俞稾後

凡樂，達天地之和而與人之氣相接，故其疾徐奮動可以感於心，歡欣惻愴可以察於聲。五聲單出於金石，不能自和也，而工者和之。然抱其器，知其聲，節其廉肉而調其律呂如此者工之善也今指其器以問於工曰彼簨者簴者堵而編執而列者何也彼必曰鼖鼓鐘磬絲管干戚也又語其聲以問之曰彼清者濁者剛而奮柔而曼衍者或在郊或在廟堂之下而羅者何也彼必曰八音五聲六代之曲上者歌而下者舞也其聲器名物皆可以數而對也然至乎動盪血脉流通精神使人可以喜可以悲或歌或泣不知手足鼓舞之所然問其何以感之者則雖有善工猶不知其所以然焉蓋不可得而言也樂之道深矣故工之善者必得於心應於手而不可述之言也聽之

善亦必得於心而會以意不可得而言也堯舜之時夔得之以和人神舞百獸三代春秋之際師襄師曠州鳩之徒得之爲樂官理國家知興亡周衰官失樂器淪亡散之河海逾千百歲間未聞有得之者其天地人之和氣相接者既不得泄於金石疑其遂獨鍾於人故其人之得者雖不可和於樂尚能歌之爲詩古者登歌清廟大師掌之而諸侯之國亦各有詩以道其風土性情至於投壺饗射必使工歌以達其意而爲實樂蓋詩者樂之苗裔與漢之蘇李魏之曹劉得其正始宋齊而下得其浮淫流佚唐之時子昂李

杜沈宋王維之徒或得其淳古淡泊之聲或得其舒和高暢之節而孟郊賈島之徒又得其悲愁鬱堙之氣由是而下得者時有而不純焉今聖俞亦得之然其體長於本人情狀風物英華雅正變態百出哆兮其似春淒兮其似秋使人讀之可以喜可以悲陶暢酣適不知手足之將鼓舞也斯固得深者邪其感人之至所謂與樂同其苗裔者邪余嘗問詩於聖俞其聲律之高下文語之疵病可以指而告余也至其心之得者直（一作）不可以言而告也余亦將以心得意會而未能至之者也聖俞久在洛中其詩亦往往人皆

有之今將告歸余因求其豪而寫之然夫前所謂心之所得者如伯牙鼓琴子期聽之不相語而意相知也余今得聖俞之稾猶伯牙之琴絃乎

讀李翺文

予始讀翺復性書三篇曰此中庸之義疏爾智者誠一作識其性當讀一作復中庸愚者雖讀此不曉也不作可焉又讀與韓侍郎薦賢書以謂翺特窮時憤世無薦己者故丁寧如此使其得志亦未必然以韓為秦漢間好俠一作事行義之一豪儁亦善論一作諭人者也最後讀幽懷賦然後置書而歎歎已復讀不自休恨

翱不生於今，不得與之交；又恨予不得生翱時，與翱上下其論也。凡昔（二字一作況迺）翱一時人，有道而能文者，莫若韓愈。愈嘗有賦矣，不過羡二鳥之光榮，歎一飽之（而一作）無時爾。此其（二字一作推是）心使光榮而飽，則不復云矣。若翱獨不然，其賦曰：衆囂囂而雜處兮，咸歎老而嗟卑；視予心之不然兮，慮行道之猶非。又怪神堯以一旅取天下，後世子孫不能以天下取河北，以爲憂。嗚呼！使當時君子皆易其歎老嗟悲之心，爲翱所憂之心，則唐之天下豈有亂與亡哉？然翱幸不生今時，見今之事，則其憂又甚矣。奈何今之人不憂也？余行天下見人多矣，脫有一人能如（一作知）翺憂者，又皆賤（一作疏）遠，與翺無異。其餘光榮而飽者，一聞憂世之言，不以爲狂人，則以爲病癡子，不怒則笑之矣。嗚呼！在位而不肯自憂，又禁他人使皆不得憂，可歎也夫！景（一作皇）祐三年十月十七日，歐陽脩書。

書春秋繁露後

漢書董仲舒傳載仲舒所著書百餘篇，第云清明、竹林、玉杯、繁露之書，蓋略舉其篇名。今其書纔四十篇，又總名春秋繁露者，失其真也。予在館中校勘羣書，見有八十餘篇，然多錯亂重複。又有民間應募獻書者獻三（一作二）十餘篇其間數篇在八十篇外乃知董生之書流散而不全矣方俟校勘而予得罪夷陵秀才田文初以此本示予不暇讀明年春得假之許州以舟下南郡獨卧閱此遂誌之董生儒者其論深極春秋之旨然惑於改正朔而云王者大一元者牽於其師之説不能高其論以明聖人之道惜哉惜哉景祐四年四月四日書

書韋應物西澗詩後

右唐韋應物滁州西澗詩今州城之西乃是豐山無所謂西澗者獨城之北有一澗水極淺遇夏潦漲溢

但爲州人之患其水亦不勝舟又江潮不至此豈詩家務作佳句而實無此耶然當時偶不以圖經考正恐在州界中也聞左司郭貟外新授滁陽欲以此事問之

論尹師魯墓誌

誌言天下之人識與不識皆知師魯文學議論材能則文學之長議論之高材能之美不言可知又恐太略故條析其事再述于後述其文則曰簡而有法此一句在孔子六經惟春秋可當之其他經非孔子自作文章故雖有法而不簡也脩於師魯之文不薄矣

而世之無識者不考文之輕重但責言之多少云師魯文章不合秪著一句道了既述其文則又述其學曰通知古今此語若必求其可當者惟孔孟也既述其學則又述其論議云是是非非務盡其道理不苟止而妄隨亦非孟子不可當此語既述其論議則又述其材能備言師魯歷貶自兵興便在陝西尤深知西事未及施為而元昊臣師魯得罪使天下之人盡知師魯材能此三者皆君子之極美然在師魯猶為末事其大節乃篤於仁義窮達禍福不媿古人其事不可徧舉故舉其要者一兩事以取信如上書論范

公而自請同貶臨死而語不及私則平生忠義可知也其臨窮達禍福不媿古人又可知也既已具言其文其學其論議其材能其忠義遂又言其為仇人挾情論告以貶死又言其死後妻子困窮之狀欲使後世知有如此人以如此事廢死至於妻子如此困窮所以深痛死者而切責當世君子致斯人之及此也春秋之義痛之益至則其辭益深子般卒是也詩人之意責之愈切則其言愈緩君子偕老是也不必號天叫屈然後為師魯稱冤一作怨也故於其銘文但云藏之深固之密石可朽銘不滅意謂舉世無可告語

但深藏牢埋此銘使其不朽則後世必有知師魯者其語愈緩其意愈切詩人之義也而世之無識者乃云銘文不合不講德不辯師魯以非罪蓋爲前言其窮達禍福無媿古人則必不犯法況是仇人所告故不必區區曲辯也今止直言所坐自然知非罪矣添之無害故勉徇議者添之者作古文自師魯始則前有穆脩鄭條輩及有大宋先達甚多不敢斷自師魯始也偶儷之文苟合于理未必爲非故不是此而非彼也若謂近年古文自師魯始則范公祭文已言之矣可以互見不必重出也皇甫湜韓文公墓誌李翺

行狀不必同亦互見之也誌云師魯喜論兵論兵儒者末事言喜無害喜非嬉戲之戲喜者好也君子固有所好矣孔子言回也好學豈是薄顏回乎後生小子未經師友苟恣所見豈足聽哉脩見韓退之與孟郊聯句便似孟郊詩與樊宗師作誌便似樊文慕其如此故師魯之誌用意特深而語簡蓋爲師魯文簡而意深又思平生作文惟師魯一見展卷疾讀五行俱下便曉人深處因謂死者有知必受此文所以慰吾亡友爾豈恤小子輩哉

書冲厚居士墓銘後

東南固多學者而徐氏尤為大族其子弟從予學者往往有聞于時視其子弟則可知其父兄之賢也盧陵歐陽脩書

讀裴寂傳

予嘗與尹師魯論自魏晉而下佐命功臣皆可貶絕以其貳心舊朝叶成大謀（二字一作謀主）雖曰忠於所事而非人臣之正也及讀裴寂傳迹其終始良有以哉始寂為晉陽宮監私以宮人饋高祖因見親暱可謂貳隋矣及太宗以博奕啗之遂開義師之謀卒成唐室武周為寇請行自敗不即就誅者非特佐命有功豈

非曩時私狎之恩哉坐交沙門法雖免官見放復有所陳太宗數之曰計公勳庸不至於此數以武德時（一作官）政之繆皆歸其人又聞妖言不自明乃欲殺人緘（一作滅）口遂被流放列其四罪貸不致理蓋由進身之私恩衰即敗也韓彭之功猶終不保況寂也哉

書梅聖俞河豚魚詩後

予友梅聖俞於范饒州席上賦此河豚魚詩余每體中不康誦之數過輒佳亦屢書以示人為奇贈翰林東閣書

書三絶句詩後

前一篇梅聖俞詠泥滑滑次一篇蘇子美詠黃鸝後一篇余詠畫眉鳥三人者之作也出於偶然初未始相知及其至也意輒（一作趣）同歸豈非其精神會通遂暗合耶自二子死余殆絶筆於斯矣翰林東閣書

跋晏元獻公書

右觀文殿大學士兵部尚書晏元獻公二帖公爲人真率其詞翰亦如其性是可佳也

跋李西臺書

嘉祐三年三月晦日和叔携以過余因得覽之不能釋手嗟今之人清尚如西臺君者何少也遂書其後

而還之廬陵歐陽脩

同前

李公爲人端重清方爲當時所重不徒愛其筆蹟也

嘉祐三年三月晦日脩題

跋李翰林昌武書

昌武筆畫遒峻蓋欲自成一家宜其見稱於當時也脩覽其書知此道（七字一作風雅）寂寞久矣嚮時蘇梅二子以天下兩窮人主張斯道一時士人（一作人士）傾想其風采奔走不暇自其淪亡遂無復繼者豈孟子所謂折枝之易第不爲邪覽李翰林詩筆見故時朝廷儒學

侍從之臣未嘗不以篇章翰墨爲樂也

記舊本韓文後

予少家漢東漢東僻陋無學者吾家又貧無藏書州南有大姓李氏者其子堯（一作彥）輔頗好學予爲兒童時多遊其家見有弊筐貯故書在壁間發而視之得唐昌黎先生文集六卷脫落顛倒無次序（一作第）因乞李氏以歸讀之見其言深厚而雄博然予猶少未能悉究其義徒見其浩然無涯若可愛是時天下學者楊劉之作號爲時文能者取科第擅名聲以誇榮當世未嘗有道韓文者予亦方舉進士以禮部詩賦爲

事年十有七試于州為有司所黜因取所藏韓氏之文復閱之則喟然（一有而字）嘆曰學者當至於是而止爾因怪時人之不道而顧己亦未暇學徒時時獨念于予心以謂方從進士干祿以養親苟得祿矣當盡力于斯文以償其素志後七年舉進士及第官于洛陽而尹師魯之徒皆在遂相與作為古文因出所藏昌黎集而補綴之求人家所有舊本而校定之其後天下學者亦漸趨於古而韓文遂行于世至于今蓋三十餘年矣學者非韓不學也可謂盛矣嗚呼道固有行於遠而止於近有忽於往而貴于今者非惟世俗

好惡之使然亦其理有當然者而孔孟惶惶於一時而師法於千萬世韓氏之文沒而不見者二百年而後大施於今此又非特好惡之所上下蓋其久而愈明不可磨滅雖蔽于暫而終耀于無窮者其道一有背字當然也予之始得於韓也當其沈沒棄廢之時予固知其不足以追時好而取勢利於是就而學之則予之所為者豈所以急名譽而干勢利之用哉亦志乎久而已矣故予之仕於進不為喜退不為懼者蓋其志先定而所學者宜然也集本出於蜀文字刻畫頗精於今世俗本而脫繆尤多凡三十年間聞人有善

本者必求而改正之其最後卷秩不足今不復補者重增其故也予家藏書萬卷獨昌黎先生集爲舊物也嗚呼韓氏之文之道萬世所共尊天下所共傳而有也予於此本特以其舊物而尤惜之

題薛公期畫

善言畫者多云鬼神易爲工以謂畫以形似爲難鬼神人不見也然至其陰威慘淡變化超騰而窮奇極怪使人見輒驚絶及徐而定視則千狀萬態筆簡而意足是不亦爲難哉此畫雖傳自妙本然其筆力精勁亦自有嘉處嘉祐八年仲春旬休日竊覽而嘉之

題還許公期書室廬陵歐陽脩題

一作俗言見畫鬼神者易為工以其人不常見也然而隱見出沒於有無之際千狀萬態筆簡而意足難矣及其變化飛騰窮奇極怪使人見輒驚絕豈不又難哉此畫與所傳好本然其筆力精勁亦自有佳處廬陵歐陽脩竊覽之嘉之遂題其後以還公期書室嘉祐八年仲春休日

跋杜祁公書

右杜祁公墨蹟公當景祐中為御史中丞時余以鎮南軍掌書記為館閣校勘始登公門遂見知獎後十五年余以尚書禮部郎中龍圖閣直學士留守南都公已罷相致仕于家者數年矣余歲時率僚屬候門起居見公福壽康寧言笑不倦歲餘予遭內艱去居

于潁服除來京師蒙恩召入翰林為學士與公書問往還無虛月又二歲公以疾薨于家予既泣而論次公之功德而銘之又集在南都時唱和詩為一卷以傳二家之子孫又發篋得公手書簡尺歌詩類為十卷而藏之余與時寡合辱公之知久而愈篤宜於公有不能忘矧公筆法為世楷模人人皆寶而藏之然世人莫若余得之多也嘉祐八年六月晦日

跋永城縣學記

唐世執筆之士工書者十八九蓋自魏晉以來風流相承家傳少習故易為能也下逮懿僖昭哀衰亡一作

世之亂宜不暇矣接乎五代四海分裂士大夫生長干戈於積屍白刃之間時時猶有以揮翰馳名於當世者豈又唐之餘習乎如王文秉之小篆李鄂郭忠恕之楷法楊凝式之行草至於羅紹威錢俶皆武夫驕將之子酣樂於狗馬聲色者其於字畫亦有以過人及宋一天下於今百年儒學稱盛矣唯以翰墨之妙中間寂寥者久之豈其忽而不為乎將俗尚苟簡廢而不振乎抑亦難能而罕至也蓋久而得三人焉嚮時蘇子美兄弟以行草稱自二子亡而君謨書特出於世君謨筆有師法真草惟意所為動造精絕世

人多藏以為寶而予得之尤多若荔枝譜永城縣學記筆畫尤精而有法者故聊誌之俾世藏之知余所好而吾家之有此物也廬陵歐陽某書嘉祐八年歲在癸卯中元日

書荔枝譜後

善為物理之論者曰天地任物之自然物生有常理斯之謂至神圓方刻畫不以智造而力給然千狀萬態各極其巧以成其形可謂任之自然矣（二十七字一作千態萬狀雖不以智造而力給一任之自然故能各極其巧）而其（一無此字）醜好精麤壽夭多少皆有常分不有尸之孰為之限數由是言之

又若有為之者（一無此十一字）是皆不可詰於有無之間故謂之神也牡丹花之絶而無甘實荔枝果之絶而非名花昔樂天（二字一作人）有感於二物矣是孰尸其賦予邪然斯二者惟一（一無此字）不兼萬（一無此字）物之美故各得（一作得各）極其精此於造化不可知而推之至理宜如此也余少遊洛陽花之盛處也因為牡丹作記君謨閩人也故能識荔枝而譜之因念昔人嘗有感於二物而吾二人者適各得其一之詳故聊書其所以然而以附君謨譜之末嘉祐八年七月十九日廬陵歐陽脩題

跋學士院題名

余嚮在翰林七年，甞以謂宰輔有任責之憂，神仙無爵禄之寵，既都榮顯又享清閑而無有人天之樂者，惟學士也。自頃以來，叨被恩私，俾參政論，力疲矣而勤勞不得少息，心衰矣而憂患浩乎無涯，却思玉堂，如在天上。偶因發篋閑覽題名，不覺慨然，遂書於此。

嘉祐八年中秋日

熙寧四年正月二十九日載覽，至却思玉堂如在天上之語，因思余作内制集序亦爲此語，英宗皇帝甞加稱賞，爲之泫然，感涕不能止也。六一居士書

跋茶録

善為書者以真楷為難而真楷又以小字為難羲獻以來遺迹見於今者多矣小楷維樂毅論一篇而已今世俗所傳出故高紳學士家最為真本而斷裂之餘僅存者百餘字爾此外吾家率更所書温彦博墓銘亦為絶筆率更書世固不少而小字亦止此而已以此見前人於小楷難工而傳於世者少而難得也君謨小字新出而傳者二集古録目序横逸飄發而茶録勁實端嚴為體雖殊而各極其妙盖學之至者意之所到必造其精予非知書者以接君謨之論久

故亦粗識其一二焉治平甲辰

古之善書者必先楷法漸而至於行草亦不離乎楷正張芝與旭變怪不常出乎筆墨蹊徑之外神逸有餘而與羲獻異矣襄近年粗知其意而力已不及烏足道哉此蔡忠惠公所題

跋觀文王尚書舉正書

右觀文學士尚書王公字伯中清德之老也余晚接公遊愛其為人未幾公以病卒因録其遺迹而藏之實思其人不獨玩其筆也天聖中公與謝絳希深黄鑑唐卿修國史余為進士初至京師因希深始識公

而未接其遊後三十年余爲翰林學士公以書殿兼職經筵始得竊從公後故得公手筆不多嗚呼天聖之間三人者皆一時之選今皆亡矣其遺迹尤可惜矧公素以書名當世也治平元年清明前一日書

跋學士院御詩

列聖御製刻石龕在玉堂北壁扃鐍甚嚴至和元年秋余初蒙恩召爲學士嘗因事獨對便殿先帝密諭將幸玉堂及欲如祖宗時夜召學士因問唐朝故事余奏曰唐世學士以獻替爲職業至於進退大臣常參密議故當時號爲内相入謂之天子私人其職在

禁近故唐制學士不與外人交通比來選用非精致
上恩禮亦薄漸見疏外無異百司若聖君有意崇奬
則當漸修故事予遂退而建言不許私謁執政時人
喧然共以爲非蓋流俗習見近事不知學士爲禁職
舊制不通外人也真宗時劉子儀當直既不爲丁晉
公草制明日晏元獻公入直劉見晏來遽趨（一作多）以
出相遇不揖掩面而過蓋當時學士猶交直也近時
當直者多不宿宿者暮入晨出玉堂終日閴然吏人
共守空院而已職隳事廢已久自朝廷近臣皆不知
故事流俗不足怪也因覽刻石遂并記之于後治平

元年清明日

院中名畫舊有董羽水僧巨然山在玉堂後壁其後又有燕肅山水今又有易元吉猿及狟皆在屏風其諸司官舍皆莫之有亦禁林之奇玩也余自出翰苑夢寐思之今中書樞密院惟内宴更衣則借學士院解歇每至裴回畫下不忍去也

跋薛簡肅公奎書

右薛簡肅公詩并書其背乃天聖四年司農卿李湘門狀是歲丙寅至今丁未實四十二年矣偶得於家人篋中因褾軸而藏之公之清節直道余既銘之而

有傳在國史此不復書治平四年閏月十八日

跋醉翁吟

余以至和二年奉使契丹明年改元嘉祐與聖俞作此詩後五年聖俞卒作詩殆今十有五年矣而聖俞之亡亦十年也閱其辭翰一爲泫然遂軸而藏之熙寧三年五月十三日

題青州山齋

吾嘗喜誦常建詩云竹逕通幽處禪房花木深欲效其語作一聯久不可得廼知造意者爲難工也晚來青州始得山齋宴息因謂不意平生想見而不能道

以言者乃為已有於是益欲希其髣髴竟爾莫獲一言夫前人為開其端而物景又在其目然不得自稱其懷豈人才有限而不可彊將吾老矣文思之衰邪茲為終身之恨爾熙寧庚戌仲夏月望日題

跋三絕帖

南唐澄心堂紙為世所珍今人家不復有曼卿詩與筆稱雄於一時今亦未有繼者謂之三絕不為過矣余家藏此蓋三十餘年熙寧壬子正月雨中記六一居士

外集卷第二十三

論尹師魯墓誌

故條析石本作故又條悉可當之石本作可以當之而不簡類槀作而或不簡必求其可當務盡其道理石本無二其字歷貶石本作歷官屢貶盡知師魯四字上石本有不字仁義石本作忠義其學石本無其字叫屈類槀作叫地於其銘文石本無其字乃云銘文石本無人文字以非罪石本無以字未必為非石本作皆非故不此下一有必字若謂石本作若為皇甫湜韓文公墓誌李翺行狀類槀作皇甫湜作韓文公誌與李翺行狀誌云石本作誌言之戲石本作之喜孔子言石本作仲尼言故師魯之誌故字下一有於字豈恤此下石本有彼字

跋永城縣學記

唯人真蹟作以唯於廢而真蹟廢字上有遂字世人真蹟無人字

此卷論尹師魯墓誌即辨誌也遂寧府有石刻載師魯妻初怒誌文簡略新進士孔嗣宗請諸潁州與公辨論凡留半月公爲添換并遺辨誌又答嗣宗兩帖與今本書簡第七卷同但增一節云此不當辨爲世人多云云恐尹氏惑之使其妻子不足故須委曲近曾録寄范公今録奉呈爲語尹氏凡三十九字據此則所謂添換尚或可疑姑附于此外集第十九卷與杜訢書云尹氏子卒請韓太尉別爲墓表以此見朋友與孝子用心常異然則當時固無甚添換也

近體賦 詩附

進擬御試應天以實不以文賦 并引狀

臣伏覩今月十三日御試應天以實不以文賦題目初出中外群臣皆歡然以謂至明至聖有小心翼翼事天之意蓋自四年來天災頻見故陛下欲修應天以實之事時謂出題以詢多士而求其直言外議皆稱自來科場只是考試進士文辭但取空言無益時事亦一作未有人君能上思天戒廣求規諫以為試題者此乃自有殿試以來數百年間最美之事獨見於

陛下然臣竊慮遠方貢士乍對天威又迫三題不能盡其説以副陛下之意臣忝列書林粗知文字學淺文陋不自揆度謹擬御題撰成賦一首不敢廣列前事但直言當今要務皆陛下所欲聞者臣聞古者聖帝明王皆不免天降災異惟能脩德脩政則變災為福永享無窮之休臣不勝大願其賦一首謹隨狀上進

賦推誠應天豈尚文飾

天災之示人也若響應聲君心之奉天也惟德與誠固當務實以推本不假浮文而治情彼雖不言適見以時而下告吾其脩德禍患可銷於未萌臣聞天所

助兮惟善則降祥德苟至兮雖妖而不勝皆由人事之吉召然後天心之上應若國家有闕失之政則當頻見於衆災欲人主知戒懼之心所以保安於萬乘臣請述當今之所為引近事而為證至如陽能和陰則雨降若歲大旱則陽不和陰而可推（去年大旱）陰不侵陽則地靜若地頻動則陰干於陽而可知（去年河東地頻動）又如黑者陰之色晦者陰之時或暴風慘黑而大至白晝晦冥而四垂（康定元年三月黑風起白日晦）日食正旦雨冰木枝（今春二月）如此之類皆陰之為蓋陰為小人與婦人又為大兵與蠻夷若四者之為患則群陰之失宜故天

象以此告吾君不謂不至陛下所宜奉天戒不可不
思是謂應以實者臣敢列而言之若夫慎擇左右而
察小人則視聽之不惑肅清宫闈而減冗列則恭儉
而成式況乎遠佞人者孔宣父之明訓放宫女者唐
太宗之盛德又若西師久不利宜究兵弊而改作叛
羌久未服宜講廟謀之失得在陛下之至聖行此事
而不忒庶天意之可回雖有災而自息方今民疲賦
斂之苦又值饑荒之年貲財盡於私室苗稼盡於農
田切掠居人盜賊並起流離道路老幼相連陛下視
民如子覆民如天在於仁聖非不矜憐故德音除刻

削之令赦書行賑濟之權然而詔令雖嚴州縣之吏多慢人死相半朝廷之恵未宣夫天至高遠也惟可動以精誠民之休戚也皆繫君之好尚惟善政之能恵則休符之並貺而況富有四海之大獨制萬民之上一言之出兮誰敢不從百事責實兮自然無曠發號施令在聖意之必行變災爲祥則太平之可望今漢史有五行之志尚書有洪範之文願詔侍臣之講説許陳古事於聽一作聰聞可以見自召妖災雖由於時政能招福應亦自於明君故禾偃於風表周王之覺悟雉鳴于鼎成商帝之功勳盖恐懼脩省者實也

在乎不倦祈禳消伏者文也皆不足云臣生逢納諫之聖明不間直言之狂斐惟冀愚衷（一作忠）之可採苟避誅夷而則豈蓋賦者古人規諫之文臣故敢上干於旒扆

監試玉不琢不成器賦（良玉非琢安得成器）

至寶雖美因人乃彰欲成器而斯尚由載琢以爲良瑕玷弗施始中含於溫潤切瑳有則取應用於圓方披大禮之遺言洞先儒之所録以謂玉不因琢器莫得以自貴人不因學道無由而内朂故我誘之於人諭之以玉内含其美雖禀質而可嘉外飾其形假截

雕而後足然以寶有可尚世誠所希價連城而有待氣如虹而上揮禮神之用斯在磨玷之言則非稟爾天真包十德而成質制由工巧參六瑞以凝輝然則攻自它山列乎良璞雖曰寶也不能效於自用雖曰堅也未有成於不琢美在中矣徒内抱於英華礲而錯諸始外成於圭角豈不以玉者華於國而可重器者用於人而克安規矩殊形於圭璧短長具制於躬桓亦猶在鎔者金必資乎鍛礪之設從繩者木遂分乎曲直之端且夫人務其師玉貴其德性雖本善不學則弗至於道質雖至美不琢則弗成其飾稽匪刻

匪雕之説理實異斯嘉如切如磋之言義誠有得彼大圭貴乎尚質鳴珮取乎揚聲雖致珍而並用在設諭以非精曷若彰教誨而有漸譬琢雕而可成是故西琥東圭棆規模而安創半璋全璧非制度以難明向若追琢不加刻畫非備雖縝密以含彩在文華而曷視故楊子以謂玉不雕則璠璵不作器

國學試人主之尊如堂賦（堂陛隆峻人主尊矣）

位既異等君宜有常惟居尊而體國爰取諭於如堂望而畏之使下民之咸仰高爲貴者譬遠地以同彰稽往諜之遺文懿嘉言之洞啓謂立制於君上諭相

承於堂陛蓋以貴賤殊品尊卑異禮下臨於物必也尊嚴而有儀上譬於堂所以崇高乎正體誠以赫赫化被巍巍道隆儼正宁以居極統群黎於宅中蓋取乎馭民之貴非資於構廈之功位正當陽若處九筵之制民欣戴后如瞻七尺之崇然則堂非高則偪下而易陵君弗尊則保位而難慎卑高必貴乎不瀆上下於焉而克順邇臣内附類榱棟之相依（一作高）列辟下陳由陛廉而比峻豈不以冨有區夏躬臨兆民示臣庶之弗越表等威之有倫將使制爾萬國宗予一人下絶僭王非歷階之可及世惟與子彰肯構以相

因是知制衆室者莫先乎堂奄九有者必尊其主蓋兼統於邦國匪專稱於棟宇化有於下奉穆穆以深居仰之彌高若耽耽之可覩蓋由堂不可以卑而亂制君不可以黷而不尊喻穹隆於九仞用總制於群元且異夫蓋之如天但述居高之旨就之如日惟明照下之言大哉陛峻而堂高者勢之然臣貴而君尊者國之理伊制度之有別俾崇高而是視所以建公卿大夫而天子加焉其尊也於斯見矣

詔重修太學詩

漢詔崇儒術虞庠講帝猷叢楹新寶構萬杵逐歡謳

煦爛雲甍麗回環璧水流冠童儀盛魯萬柱德同周
舞翟彌文郁橫經盛禮脩徹生聽昕鼓顧齒夏弦游

省試司空掌輿地圖賦（平土之職圖掌輿地）

率土雖廣披圖可明命乃司空之職掌夫輿地之名
奉水上以勤修慎司無曠覽山川而盡載按諜惟精
所以專一官而克謹辨九區而底平者也伊昔令王
尊臨下土以謂綿宇非一不可以周覽衆職異守俾
從於各主故我因地理（二字一作輿地）之察宜建冬官而法
古將使如指諸掌括乎地以無遺皆聚此書著之圖
而可覩險固咸在方隅異宜分形勝以昭若燕指陳

而辨之度地居民既脩官而有舊辨方正位俾披文而可知其或作屏建親命侯封國小大有民社之制遠邇異封圻之式非圖無以辨乎數非官無以奉其職主於空土既險阻之盡明別爾分疆誌廣輪而可識誠由據函夏之至要贊大君之永圖上以體國而經野下以建邦而設都參古號於周官各司其局辨群方於禹跡無得而踰是何標區域以並分限華夷而靡爽域中所以張乎大天下無以逾其廣亦猶五土異物必辨於司徒之官九州有宜乃命乎職方之掌用能三壤咸則四民奠居窮人跡於遐域包坤載

於方輿耳異夫充國論兵但模方略之狀鄧侯創業惟收圖籍之餘彼夏貢紀乎州名漢史標乎地志雖前策之並載在設官而未備曷若我謹三公於漢儀專掌圖於輿地

翠旌詩

盛禮郊儀肅純音帝樂清葳蕤飄翠羽赫奕展華旌鳳邸光交覆鑾旗色共明繽紛拂葩蓋輝映雜綾纓且異文竿飾非同翿舞名竹宮歌既祀雅曲播遺聲

殿試藏珠於淵賦君子非貴難得之物

稽治古之敦化仰聖人之作君務藏珠而弗寶俾在

淵而可分效乎至珍雖希世而弗產棄於無用爔遂
浦以攸聞得外篇之寓言述臨民之致理將革紛華
於媮俗復芭愚於赤子謂非欲以自代則爭心之不
起蓋賤貨者爲貴德之義敦本者由抑末而始示不
復用雖乎寶而奚爲捨之則藏祕諸淵而有以誠由
窒民情者在杜其漸防世欲者必蔵其機使嗜欲不
得以外誘則淳朴於焉而可歸將抵壁以同議諒彈
雀而誠非貽乘無庸盡遺碕岸之側連城奚取皆沉
媚水之輝用能崇儉德以外昭復淳風而有謂民心
朴以歸本物產全而靡費珍雖無脛俾臨淵而盡除

事異暗投永沉川而不貴然而道既散則民漓風一澆而朴殘玩好既紛乎外役質素無由而內安故我后乃珍奇之用絕乎侈靡之端將令物遂乎生老蚌蔑剖胎之患民知非尚驪龍無探頷之難是則恢至治之風揚淳古之式不寶於遠則知用物之足不見其欲則無亂心之惑上苟賤於所好下豈求於難得是雖寶也將去泰而去奢從而屏之使不知而不識彼捐金者由是類矣摘玉者可同言之諒率歸於至理寔大化於無為致爾漢皐之濱各全其本雖有淮蠙之產無得而窺自然道著不貪時無異物民用遵

乎至儉地寶蓄而不屈所以虞舜垂衣亦由斯而弗咈

博愛無私詩

賞以春夏賦（天子行賞欽順時令）

賞出於國時行在天紀勲庸而有序順春夏以昭宣無忘爾勞法蠢生而布惠用嘉乃績因長養以旌賢原夫執政者君為民之紀懼賞罰之一失則恩威之兩弛受焉不以其私賜之非為其喜蓋夫欲固其國者必謹國之常能奉乎天者是謂天之子將出令以無僭必順持而后軌顯庸制爵爰占星鳥之中茂息

建官當侯薰風之始且夫春居東以首歳夏司南而執衡在氣為燠於時主生東動也以之起南任也以之成我所以推本萬事之理欽象四時之行政刑由是以有度寒暑於焉而不爭須以土田順木行而養育昭其服物助火德之光明故曰天之大端在陰陽君之大柄在刑賞操其柄以歸己求其端而取象法太蔟贊陽之月行慶有常體林鍾種物之時勸功無爽誠以賞當則民協澤流而德深但慮過時之失敢懷虛受之心故月令有布德之文前規具在景風為賜爵之候往牒攸欽嗚呼王者畏天以臨民天道在

人而可信事與時合則為和而為福時與事逆則有災而有饉在乎察動静以為本布仁恩而克慎亦由獮田主教非仲秋而不行議獄斷刑須大冬而乃順故能光昭國體欽奉邦彝用豈有於踰德舉無聞於振時且異夫賜以鞶纓示假人而取誚贈其衮冕譏錫命以非宜大哉君之舉者必書上之出者為令苟違時而不度懼招尤而失正故左氏載聲子之言以戒後王之立政

畏天者保其國賦祗畏天道能守其國

聖人以凝命恭默膺圖肅祗爰務畏天之義但彰保

國之規惟帝難之翼翼固欽於乾道為人上者兢兢慎守於邦基用能御寶位而惟永隆昌運以咸熙者也探齊王之式陳懿子與之所謂將設治民之術先本為君之貴且曰天惟簡在誠由乎不敢荒寧國乃洽平是宜乎克自抑畏惠此方國欽若昊天實克遵於慄慄亦無爽於乾乾慮威宣咫尺之間所以嚴恭罔怠致疆啓幅員之内所以底定無愆蓋由仰高明以惟勤遂邦家而永保又新之戒斯在無逸之篇可考順帝之則始敦危懼之誠俾民不迷終得阜安之道豈不以天者本降鑒而是顯國者在緝綏而以興

畏乎天表降鑒之甚邇保乎國示緝綏而可憑審雖休勿休之理遵日慎一日之稱是故懼無斁以為懷見楚莊之勿伐不敢康而在念識周成之有能大如是則垂拱是圖持盈可久不遑啓居兮以圓靈之是奉無敢暇豫兮以中區而自守昭事而宜乎宗社咸寧之旨攸同欽承而惠彼民人設險之功何有不然又安得惟寅謹爾匪懈昭其蓋足惲於覆燾必克固於蓄維周詩垂陟降之文亦足畏也洊雷著修省之說于時保之至哉闡繹聖猷鋪昭皇極眷懸悚以為本在撫綏而作式有以見惟天為大而君則之故定

于萬國

斲雕為樸賦（除去文飾歸彼淳樸）

德以儉而為本器有文而可除爰斲載雕之飾將全至樸之餘篆刻未銷見背偽歸真之始鏤章咸滅知去華務實之初稽史牒之前開述政風而遐舉懿淳儉之攸尚斥浮華而可沮謂乎防世偽者在塞其源全物性者必反其所素以為貴將抱樸而是思煥乎有文俾運斤而悉去誠由淳自澆散器隨樸分騁匠巧而傷本掩天真而蔑聞故我反淳風而矯正杜末作之紛紜剖刻穪之形復采椽而不琢滅鏤簋之僭

反木器於無文則知工巧盡捐浮淫是抑道尚取乎反本理何求於外飾圭磨嶽鎮歸璞玉以全真罍去山雲表瓦罇而務德是則遵乎樸者將反始而臻極斲乎雕者惡亂真而飾非約澆風於一變矯治古以同歸礲而錯諸盡滅彫蟲之巧質為貴者寧慙朽木之譏用能杜文彩之煥然返淳和而遵彼雕雖著則尚可磨也樸其復則在其中矣棄末反本小巧之工盡捐華故取新見素之風可美彼琢玉然後成器命工列乎彫人務以文而勝質徒散朴以還淳曷若剞劂之功靡施大巧若拙刻鏤之華盡滅其德乃真懿

之隆者非假飾以爲資儉之至者匪奇淫而是覺但期乎去泰去甚寧患乎匪雕匪斵有以知一變至道之風由是而復歸乎樸

祭先河而後海賦王者行祭先務其本

在祭者必有常典務本者貴乎不忘既先河而告備乃後海以爲常幣玉始陳恭視諸侯之瀆牲牢繼列方祠百谷之王探國典之舊文撫禮經之大旨以謂河導其派本一勺而始矣海納其會實百川之委也祀容肅設必先有事於靈長望秩並修然後功歸於善下誠以決九川而分導括衆流而混并一則窮本

而有自一則兼容而積成是用分禮章而興數昭祭典以推行命祀首陳始則出圖之所禱辭以設方祈紀地之名用能綏乃令儀昭夫重祭利萬物以斯善用五材而並濟無文既秩禜經瀆以領祠羣望繼行禱朝宗而用幣外則盡物中惟告虔既義取於源委乃禮分於後先一禱致誠必告禜光之渼大川並走嗣臨重潤之淵得非衆嶽肇乎一拳椎輪生乎五輅考厥初之攸在彰返始而爲務亦猶文王之祀雖貴不踰后稷之尊齊人之事將行敢越配林之故是知河必居首取發源而肇茲海不自大由積泉以成其

導洪流而並注散靈潤以旁滋顧乃濫觴之因必有先也視爾委輸之廣然後從之異哉祭尚潔誠禮惟思反將展報以為義必討源而自遠故夫三王之祭川必務其本

大匠誨人以規矩賦 良匠之誨人以規矩

工善其事器無不良用準繩而相誨由規矩以為常度木隨形俾不欺於曲直運斤取法必先正於圓方載考前文爰稽哲匠伊作器以祖善必誨人而攸尚有模有範俾從教之克精中矩中規責任材而必當誠以人於道也非學而弗至匠之能也在器而攸施

既諄諄而誨爾，俾拳拳而服之，默受以全。曲則輪而直則軫，動皆有法；完爲鞹而斷爲綦，綦然則道不可以弗知，人不可以無誨。筍審材之義失，則教人之理昧。規矩有取，爲圭爲璧以異宜；制度可詢，象地象天以是配。匠之心也，本乎大巧；工之事也，作于聖人。因從繩而取諭，彰治材而有倫。學在其中，辨蓋輿之異狀；藝成而下，明鑿枘之殊陳。義不徒云，道皆有以。將博我而斯在，寧小巧而專美。殊玉工之作器，惟求磨琢之精；異扁人之斲輪，但述苦甘之旨。是知直在其中者謂之矩，曲盡其妙者本乎規。然工藝以斯下，俾後求之可師道或相營引圓生方生而作論言如未達譬周旋折旋而可知是何樸斵為工剞劂斯主訛其役以雖未聽乃言而可取故孟子謂學者之誨人亦必由於規矩

魯秉周禮所以本賦

魯公之後某本周禮見振奇集已下續添

侯國脩度時王著彝惟東魯之大本秉西周之舊儀曲阜襲封率奉先規之盛鎬京遺法限為至治之基說者謂惟王建邦裂疆分土禀正朔者歸於元后尊制度者合於前古惟周之典世為大則惟魯之盛法為常矩及夫姬道衰逸邦侯侵侮雖周公之才之美

不行於時文王之德之純盡在於魯述夫禮與時至教由治隆翊奉孺子位爲上公千乘之國仰有遺法數世之後敢弃元功雖治邦治刑尚可宏宣於祖業而教典教法■能固本於民風大德純純兮世不敢忘至文微微兮流而自遠守茂典之惟永遵飛疑休而可損一變于道聖人之後所以昌百世可知先王之法以爲本且夫德固則邦化法行則教流治而久於諸侯則莫若魯教而正於三代則莫如周在隱桓之世力行純軌至定哀之後不弃芳猷蓋固蔕以惟至以治人而可求彼雖發歎於詩人改王室而作離

泰何俟興言於聲子見易象之與春秋蓋夫與治同道罔不興安上治民莫如禮禮與邦化則莫窺其枝葉法因時至則深蟠其根柢亦如齊有太公之遺制定作民彝杞觀夏道之可知式成邦體嗚呼聖之所治人不可追移茂實以參用著適規而有宜遂使化民之議有所經理之大者治國之君無亂紀則而行之大哉周世所行魯邦慎守秉其法爲治之極則其文廷付而後故仲孫知魯而不可取者禮爲本焉致邦儀之舍厚

秋獮詩 見古省題詩

涵籥迎寒至商飈應節沴戎容修大獮殺氣順行秋多稼登方茂三農隙始休飲歸軍實獻誓衆散爲裘索享儀非蜡圜田禮異蒐國威思遠播神武暢皇猷

外集卷第二十四

進擬御試賦引狀

自四年來四字下有五字

玉不琢不成器賦

可成一作可名難成一作難明

賞以春夏賦

必順一作先順東動也以之起南任也以之成作東動也事之以發南任也物之以成養育一作長育有常一作無差無爽一作

（不臾）具在（一作其載）往牒攸欽（一作諜攸箴往）事逆（一作事臾）有災而有饉（一作或災而或饉）主教（一作主殺）而不行（不一作後）故能（一作盖其）耳異夫賜以鞶纓（一作豈比夫賜以鞶纓）贈其家冕（一作贈夫家冕）

大匠誨人以規矩賦

完為鞠（完當作梡）

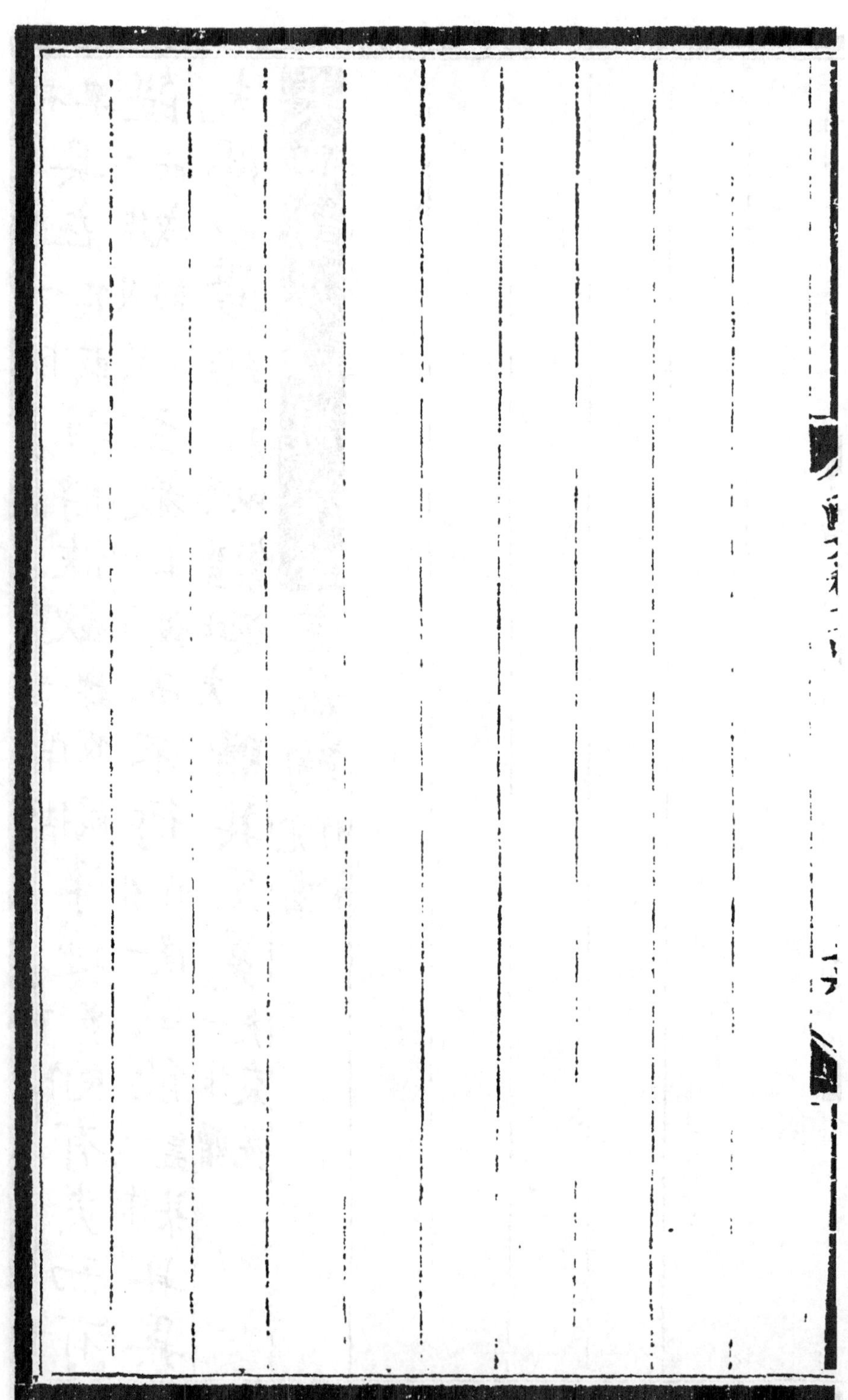

外集卷第二十五　歐陽文忠公集七十五

論

殿試儒者可與守成論 闕

三皇設言民不違論

論曰：夫至治之極也塗耳目以愚民之識暢希夷以合道之極化被而物不知功成而迹無眹古有臻於是者其大道之行乎聖人之興也捐仁義以爲德之細放約束以取民之信德及而物自化言行而人必從古有盛於此者其三皇之世歟故孔子有三皇設言而民不違之說敢試論之若乃暢上古之至道張

億世之遠御結繩所以為信也而懼信之未孚我則有書契之易於是乎畫八卦以由數起茹毛所以養生也而憚生之未具我則有烹飪之利於是乎嘗百穀以粒烝民網罟利人以為用使以畋而以漁牛馬異性而必馴使可乘而可服壯棟宇以易古者之居垂衣裳以興天下之治凡所以使民不倦者皆伏犧神農黃帝之為世[illegible]然而治既行矣民既賴矣守之以至靜化之以無為上有淡泊清淨之風下無薄惡叛離之俗故言為教[illegible]非詰誓而自聽言為號令不鞭扑而自隨且夫歃血以涖盟約要之於信者由不信

而然也爲刑以殘肌骨威之使從者由不從而設也不若御至質之民行大道之化悦不以愛故不待賞而勸畏不以威故不待罰而責政不罔民故不待約而信事不申令故不待誥而從一言以行萬民稟命賴其德者百年而利服其化者百年而移非三皇之德其孰能與於此乎噫商人作誓欲民之從也而人始疑周人會盟欲信之固也而諸侯叛由是而言則詛民於神明狃民於賞罰而違之者末世之爲也服民以道德漸民以教化而人自從之者三皇之盛也夫設言而不違者其在兹乎

賈誼不至公卿論

論曰漢興本恭儉革弊末移風俗之厚者以孝文為稱首議禮樂興制度切當世之務者惟賈生為美談天子方忻然說之倚以為用而卒遭周勃東陽之毀以謂儒學之生紛亂諸事由是斥去竟以憂死班史賛之以誼天年早終雖不至公卿未為不遇予切惑之嘗試論之曰孝文之興漢三世矣孤秦之弊未救諸吕之危繼作南北興兩軍之誅京師新蹀血之變而文帝由代邸嗣漢位天下初定人心未集方且破觚斲雕衣綈履革務率敦朴推行恭儉故改作之議

謙於未遑制度之風闕然不講者二十餘年矣而誼因痛哭以憫世太息而著論況是時方隅未寧表裏未輯匈奴桀黠朝那上郡蕭然若兵侯王僭擬淮南濟北繼以見戮誼指陳當世之宜規畫億載之策願試屬國以系單于之頸請分諸子以弱侯王之勢上徒善其言而不克用又若鑒秦俗之薄惡指漢風之奢侈嘆屋壁之被帝服憤優倡之爲后飾請設庠序述宗周之長久深戒刑罰明孫秦之速亡譬人主之如堂所以優臣子之禮置天下於大器所以見安危之幾諸所以日[illegible]不可勝而文帝卒能拱默化理推

行恭儉綏除刑罰善養臣下者誼之所言略施行矣故天下以謂可仕公卿而劉向亦稱遠過伊管然卒以不用者得非孝文之初立日淺而宿將老臣方握其事或艾旗斬級矢石之勇或鼓刀販繒賈竪之人朴而少文昧於大體相與非斥至于謫去則誼之不遇可勝歎哉且以誼之所陳孝文略施其術猶能比德於成康況用於朝廷之間坐於廊廟之上則舉大漢之風登三皇之首猶決壅裨墜耳奈何俯抑佐王之略遠致諸侯之間故誼過長沙作賦以弔汨羅而太史公傳於屈原之後明其若屈原之忠而遭棄逐

也而班固不識文帝之遠賢痛賈生之不用但謂其天年早終且詆以失志憂傷而橫夭豈曰天年乎則固之善志逮（疑作殆）與春秋褒貶萬一矣謹論

夫子罕言利命仁論

論曰昔明王不興而宗周衰斯文未喪而仲尼出修敗起廢而變于道扶衰救弊而反於正至如探造化之本曠幾深之處以窮乎天下之至精立道德之防張禮樂之致以達乎人情之大實故易言天地之變吾得以辭而繫詩厚風化之本吾得以擇而刪禮樂備三代之英吾得以定而正春秋立一王之法吾得

以約而修其為教也所以該明帝王之大猷推見天人之至隱道有機而不得祕神有密而不得藏曉乎人倫明乎耳目如此而詳備也然獨以利命仁而罕言其旨何哉請試言之夫利命仁之為道也淵深而難明廣博而難詳若乃誘生民以至教周萬物而不遺草木貴殖而無知所以遂其生跂喙行息而不知所以達其樂物性莫不欲茂則薰之以太和人情莫不欲壽則濟之以不夭滯者導之使達蒙者開之使明衣被羣生贍足萬類此上之利下及於物聖人達之以和於義也則利之為道豈不大哉函五行之秀

氣無二儀之肖貌禀爾至命得之自天厥生而靜謂之性觸物而動感其欲派而為賢愚誘而為善惡賢愚所以異貴賤善惡所以定吉凶貧富窮達死生天壽賦分而有定循環而無端聖人達之內照乎神明小人逆之外滅於天理則命之為義豈不達哉又若兼百行以全美居五常而稱首愛人而及物力行而能近守而行之一日由乎復禮推而引之天下稱乎達道則仁之為理豈不盛哉噫三者之說誠皆聖人之深達非難言之也易曰乾以美利利乎天下又曰利者義之和中庸曰天命之謂性又曰君子居易以

俟命繫辭曰樂天知命故不憂禮記曰仁者天下之表又曰仁者右也道者左也酌是而論之則非不言也然罕言及若得非以利命仁之爲道微而與博而遠賢者誠而明之不假言之道也愚者鮮能及之雖言之弗可曉也故曰中人已上可以語上中人已下不可以語上又曰仁則吾不知者舉一可知也子貢以謂夫子之言性與天道不可得而聞者誠在是乎然則利命仁之罕言由此而見矣謹論

策

南省試策五道并問目

問管夷吾之書曰聖人之治天下也四民勿使雜處則其言哤其事易士就閒燕工就官府商就市井農就田野羣萃而州處少而習焉其志安焉不見異物而遷焉且曰士農之子常爲士農工商之子常爲工商若乃士講學以居位農力穡以阜生安而不遷斯則嘉矣其或百工居肆萬商成淵奇技淫巧之蕩心鬻良雜苦之牟利安於所習未足敦風見善而遷兹亦何害又如端木之貨殖膠鬲之魚鹽倪寬之帶經王猛之賣畚秉時萬變安可限其定居黄憲之牛醫胡廣之田畝桑羊之賈豎

叔教之負薪肯構百端安可責其承世今茲貢士之制亦有異類之防雖條禁之久行諒甄明之不暇衆君子優於博古長於辨宜以為如何無惜辭費對講天人之精祲責屮茅之愚言古之求治者莫急於此與愚民之休剌傳經術而條對士之射策者以盡其才自漢而還於唐為盛然以公孫之對置第本下天子自擢於第一劉蕡之言指時甚直有司不敢以入第蓋言至切者顧後害論至甚者為難行故事欲述者枉於有司而議不得申言欲顯者章於文辭而談不得騁為弊之甚由古而然夫能革之識在今

日皇上垂衣御圖側席延士詔郡國以充賦命公卿而署奏而末學庸妄亦預試言開陳其端周爰而問上所以講求至治之本下所以展盡思慮之秋也策以謂古之四民罔敢雜處之義而今取士故有異類之防端木膠鬲倪寬王猛之徒謂不可限以定居黃憲胡廣桑羊叔敖之賢謂不可責其世職以古之鑒求今之宜此誠當世之所急也且夫至治之世四民異居士處閒燕談仁義禮樂於是乎興農服力穡限井田衣食於是乎足工述巧以備器用商達貨以遷有無少而習之各有常分故命射以觀其德命御以

論其行如是則可以官賢材而不肖者有所勸不耕則祭無盛不蠶則衣無帛如是則可以禁游手而趨末者著於本器奇者殺以杜工之僞闢譏弗征以檢商之猾此聖王所以治天下之本罪□不得以異物遷也及周之晚漢繼而興救時之宜猶有可取士雖不選於里而有孝廉之舉農欲勸之使勤故有力田之秩有市籍則不得仕禁乘車之抑其豪行之當時猶為進士□降及弊末適於權宜有入貲以為郎有入粟而拜爵農商雜進黑白混然今國家監太清以為治求王道之大端務思真賢以登庶位故於貢士

之制亦有異類之防此誠法古為政之要也然自井田一隳四民失業士不本鄉里舉不明真僞後世之取賢者宜條禁之故有行限年之制有復鄉舉之請有立秀才之科有立中正以品功伐之高下有從土斷以禁人士之流移科條益嚴變更非一賢否之辨未覩其真豈非制其末而失其要歟方今詔郡國歲貢謹士著以占數先鄉議而覈實然患條禁久行甄明不暇者誠由制之未得其術爾必若取人以才考行以實舉賢者上賞以旌功不肖者黜地以明罰自然無冒舉之過有得人之盛又何患工商雜以並進

士類混而無別乎彼作奇巧以蕩心雜良苦而射利謂其媮俗未足敦風在乎禁之以絕其僞而已若乃端木殖財膠鬲擅利倪寬為御史而稱職王猛與諸葛而並功黄憲有三公之量胡廣明萬事之理桑羊之心計叔敖之善相如此數賢者皆遭遇其時以立勲業故不限以定居責其世職烏得同儕而語哉謹對

第二道

問古者糾邦禁以敘六典因天討而作五刑所以申嚴國章明慎時憲協大中之法助教化之治定

三尺以著令明一成而不變又赦過宥罪議獄緩
死法天地之茂育象雷雨之作解式顯好生之化
茂宣去殺之仁且肆眚之恩尚廢而不用則時無
滌穢之澤若數以為利則人有委轡之歎折衷之
理願聞嘉言
對夫民弊於末心作乎爭德不可以獨輔也輔之者
其刑法乎猛而則殘虐以為暴刑不可以獨任也濟
之者其仁恩乎先王由是扶衰世以拯溢即民心而
有作謂天有震耀殺戮我則嚴之以威虐刑罰謂天
有生殖長養我則申之以溫慈惠和大為之防曲為

之制以商周之盛德有九刑之典亦知獄與刑之不可去也知此然而議獄緩死義易之明文眚災肆赦帝典之奧訓周官有三宥新國用輕典皆所以寬民之謂也故肆眚苟廢則時無滌穢之澤是傷乎無恩也數以為利則人有委轡之歎是因而起弊也折衷之理何以辨之蓋周家之政至忠厚也須成康而刑乃錯漢世之德至寬仁也至文景而獄乃平夫所以致刑之錯獄之平其要非他在削苛刻之深文執議論之平讞無羅民之不遠無縱誅以快怒使愚民知所避姦吏無所弄則獄雖不赦刑將自平且投簞者

不能救饑持饑者不能御騎又何必申小惠推私恩
啓民心之姦弛古刑之典者哉故謂不赦者良醫之
針石赦者奔馬之委轡質斯言也不其然乎謹對

第三道

問天駟先牧列於祭經圉人圉師實有官局然則
國馬之政其來尚矣皇朝累歲函夏大同華陽之
歸偃息既久坰野之頌孳生益蕃而又河隴朔方
歲行互市頗積縻於金帛亦罕辨於良駑誠由騎
兵不可以闕供夷落仰資於善價寖爲經制著在
有司議者或云承平日深冗費宜革思欲減邊關

之條禁遂氓庶之貿遷儻緩急於戎容可借資於

民畜恭惟聖治務廣蒭言靡倦極談以光俊域

對養馬有夏序之制掌於周官春秋紀日中之候著於左傳遠郊任乎牧事祭祖標於月令作延廐禁原蠶著爲國經並載方策則國馬之政其可廢乎國家接千歲之大統承五代之末流畫牡荆以指麾包虎皮而載戢闘（一作間）有日矣而猶弗敢忘戰備於不虞内有七校禁衛之屯外有三邊防秋之戍而兵騎之衆畜牧且蕃資河朔以仰足用金帛而交易爲日滋久其費曰深然欲緘邊防之條禁遂氓庶之貿遷施

之于今未見其得何則探寶貨以懷利者此夷落之民所甚欲也商功利以惜費則主計之臣所徧明也若乃捐有餘之寶獲爲兵之備以其所有易其所無斯誠利害可明而經久弗變之制也非互市不能以足用歸氓庶則懼乎起姦顓蒙所見故在於此謹對

第四道

問粤若姬氏肇自邰封佐堯而爲農師居豳成於王業綿綿之緒本仁積功膴膴之原聿來胥宇逮文武之景化被岐鎬之故區繼聖嗣興定命攸厚相兹河洛之宅求乎天地之中澗瀍之間風雨所

會在禮也載土圭之法於書也兆龜墨之祥遡覿
獻卜之文顯著徙都之事何乃丘明作傳康王有
酆宫之朝杜預垂言平王爲東周之始豈先後之
殊致將方策之失傳矧又奉春始謀極談秦地之
固孟堅能賦頗析西賓之問建邦之利折理奚長
諒兹俊髦精于經傳數言條對勿尚猥弁
對肇祖乎后稷以至乎赧王流德而深厚者莫大乎
西周始封乎邰土卒終於洛都因世而相宅者逮歷
乎七百方策之所並載詩頌之所歌舞可略而談也
若乃武王在鎬繼文而有聲周公踐祚相成而負扆

即神皐以開壤據澗瀍之上游是為洛都以徙周邑然而丘明作傳康王有酆宮之朝杜預垂言平王為東周之始此策所以疑而問者得非洛之初營周都既定但遷九鼎以居其中及周德之下衰始平王之東徙迹先後之可見非方策之失傳也夫守金城之府據繞霤之固扼關中之形勢者彊秦之興也此奉春以是建策而為高皇說也因土圭之影迹宗周之舊當天下而宅中者東漢之盛也此孟堅之所以因賦而陳光武之業也夫圯耿徙亳成湯非一邦而理在岐居鎬姬氏不共邑而興世之盛衰顧德薄厚而

已又烏稱建邦之利哉故東西二都皆兩漢由之而
興廢也謹對

第五道

問聽德惟聰前王之至訓嘉言罔伏舉善之令猷
國家守承平之基御中區之廣地利無極齒籍益
蕃各有爭心必虞彊詐之患或非良吏慮興枉濫
之尤故立肺石以達窮民設匭函以開言路而又
俾之轉對復彼制科思廣所聞遂延多士屬茲舉
首將列仕塗以何道致民之暴者興仁智者無訟
以何術使吏之酷者存恕貪者守廉試舉所長用

覲精識

對帝堯之德非不聖也必乘九功而興虞舜之明非不智也必開四聰之聽大禹之勤求賢士乃至乎王漢家之並建豪英以翼乎治誠以一人之聖據羣元之尊王道之寖微寖昌生民之或仁或鄙理有未燭思求其端是以垂精留神廣覽兼聽居以側遲賢之席行則馳褱輪之車施及於方外而弗遺退託於不明而求輔其勤若此猶懼乎弗及也故今國家所以覽照前古講求舊規下明詔以開不諱之門設匭函以廣言者之路復轉對以採搢紳之議立制策以待

儁良之言者意在兹乎猥惟檮昧之徵舉皆管淺之説夫欲民之暴者興仁智者無訟在乎庠序以明教化欲吏之酷者存恕貪者守廉在乎嚴督責而明科條爲治之方不過乎足而已謹對

國學試策三道并問目

問詩删風雅有一國四方之殊書載典謨實二帝三王之道君臣之制有别小大之政不侔然而關雎王者之風反繫於周公之化秦誓諸侯之事乃附於訓誥之餘究其閫綱必有微旨且巧言者丘明爲耻傳春秋蒙誣艷之譏惠人者子産用心作

丘賦被蠆尾之謗謂之誣艷非巧言乎目之蠆尾豈惠人也夫子又何謂之同耻歟其遺愛者哉子大夫博識洽聞彊學待問請談大義用釋深疑對舉賢而問炎漢之得人射策程材有唐之明詔晁錯明國家之大體仲舒究春秋之一元皆條對于篇章備天子之親覽劉蕡述兵農之大略微之以才識而中科然品覈其言詞由有司而考第皇上思講勛華之閎道欲舉漢唐之茂規已詔公卿之流博選賢良之士而又申周官辨論之法以考於賢能較成均上游之徒並升於歲貢退娓拘儒亦當與問夫近世

取士之弊策試為先談無用之空文角不急之常論知井田之不能復安設沿革之辭知榷酤之不可除虛開利害之說或策之者鉤探微細殆皆游談而對之者骫骳曲辭僅能塞問棄本求末捨實得華若乃詩書之可疑聖賢之異行樂所以導和而率俗官所以共治而建中此皆聖師之所談明問之至要敢陳臆見用備詢求策曰詩删風雅有一國四方之殊書載典謨是二帝三王之道關雎王者之風反繫於周公之化秦誓諸侯之事乃附於訓誥之餘考其本因可為梗槩夫述四始之要明五際之變始之以風終

之以頌以厚風俗以察盛衰此詩之所以作也而變風變雅有六義之殊焉關雎王化之基三百五篇推其首而周南之作化一作亦繫其列者蓋姬旦分陝而居天子與之共治故其政化之美得繫于王者之風也述百篇為歷代之寶斷之自唐迄之以周以陳典謨以為約束此書之所以設也作誥作誓皆三王之事焉成湯有罪己之言五十九篇載其義而秦侯之誓亦參其末者蓋穆公伐晉之辭夫子善之於改過故其誡令之說亦附訓誥之餘不然夫仲尼述堯舜删詩書著為不刊以示來葉豈容其失乎且巧言者

丘明所耻恵人者子産用心著于前經此可明矣先儒稱仲尼立一王之法始修春秋而親授丘明使之作傳及范甯欲専穀梁一家故蒙以誣艷之譏前志稱子産猶衆人之母善其養民而臨治鄭國能行其恵及國人怨其丘賦之重斂故被以蠆尾之謗夫傳一經之義非曲而暢之盖不能詳也救一時之弊盖推一作權而行之非爲毒也學者偏見妄云誣艷豈丘明之失歟國人無知謗以蠆尾非子産之過矣况以仲尼之聖作經親授豈有繆舉乎國僑既死國人皆罷不曰恵乎宜其同巧言之爲耻以遺愛而見稱也

荒疇之説敢以此聞謹對

第二道

問樂由中出音以心生自金石畢陳咸韶間作莫不恊和律吕感暢神靈雖嗜欲之變萬殊思慮之端百致敦和飾喜何莫由斯是以哀樂和睽則噍殺嘽緩之音應其外禮信殊衍則雖一作大雅小雅之歌異其宜鍾期改聽於流水伯喈回車於欲殺戚憂未弭子夏不能成聲感槩形言孟嘗所以技泣斯則樂由志革音以情遷蓋心術定其慘舒鏗鏘發之影響是以亡陳遺曲唐人不以為悲文皇

劇談杜生於斯結舌謂致樂可以導志將此音不足移人先王立樂之方君子審音之旨請論一作為詳悉傾竚洽聞

對人肖天地之貌故有血氣仁智之靈生稟陰陽之和故形喜怒哀樂之變物所以感乎目情所以動乎心合之為大中發之為至和誘以非物則邪僻之將入感以非理則流蕩而忘歸蓋七情不能自節待樂而節之至性不能自和待樂而和之聖人由是照天命以窮根哀生民之多欲順導其性大為之防爲播金石之音以暢其律爲制羽毛之采以飾其容發為

為德華聽焉達天理此六樂之所以作三王之所由用入物以是感暢心術於焉慘舒也故樂記之文噍殺嘽緩之音以隨哀樂而應乎外師乙之説以小雅大雅之異禮信而各安於宜夫姦聲正聲應感而至好禮好信由性則然此則禮信之常也若夫流水一奏而子期賞音殺聲外形則伯喈興歎子夏戚憂而不能成聲孟嘗聽曲而為之墮睫亡陳之曲唐人不悲文皇劇談杜生靡對斯猥瑣之濫音曾非聖人之至樂語其悲適足以蹙匹夫之意謂其和而不能暢天下之樂且黃鍾六律之音尚賤於末節大武三王

之事猶譏於未善况鼓琴之末技亡國之遺音又烏足道哉必欲明敎之導志音之移人粗舉一端請陳其説夫順天地調陰陽感人以和適物之性則樂之導志將由是乎本治亂形哀樂歌政之本動民之心則音之移人其在兹矣帝堯之大章成湯之大濩乃是先王立樂之方延陵之聘魯夫子之聞韶則見君子審音之旨謹對

第三道

問建官惟百帝堯之闊規涖事惟能武成之令典然則簡易之理斯得爵禄之馭有經自卜洛俾圖

述天定位別九服廣輪之數辨一圻國邑之宜乃
六卿在郊五家為比咸用蒙士尸於厥官教以和
親禁其愛惡惟列爵之既衆豈取士之盡賢匪徒
百里比肩尚艱於充選抑亦一命授職咸仰於代
耕以夫至寡治衆之言清心省事之論會其歸趣
不乃異乎是以秦漢已還抑而不舉得非折衷難
用相治乎象魏舊章人倫彝訓遲聞清論用析深
疑

對天生民而樹之牧執政以馭邦王建國以辨其方
設官而分理列職乎庶位立民之大中以登至平皆

由此道帝堯以巍巍之功臻乎静治故建官惟百緝熙於人猷姬周以郁郁之風縟乎至化故涖事惟能丕揚於景鑠逮夫上洛開基述天定位別九服而有等建六官而分職至于六卿在郊五家為比並列官敍教於民人嬴政并諸侯之彊姍古以自是其制不經搢紳者罕道炎漢承孤秦之弊日給不暇相沿未流貴因循而不比崇疑民被乎無為之化故官雖至簡亦可以治平姬周承二代之弊意在救時之失故官必衆建乃能為共治此世之興時之然也雖曰六卿五家為職甚細然由計以會要行之誅賞賢者旌

之以勸善不賢者罰之以去惡則列職雖云至衆取人安不盡賢禄何由而濫尸官誠難於充選此宗周所以治安而長久後世所宜法則而未行也自秦歷漢積弊相沿權宜適時放去古法居位者莫分善惡之真考課者未見誅賞之當故列職彌衆治事益煩故政立而治不能進官衆而人不必賢夫清心省事之論所以爲此弊而設非爲宗周而談也今欲捨姬周之往軌談秦漢之末規濁源清流未見其可夫惟簡易之深旨賢哲之異能求禮樂之深源述官師之大義此誠遠大之閎體非陋儒之能具也管窺之微

既難於殫見葛蕘之鄙聊備於周詢謹對

外集卷第二十五

南省試策第三道徧明一作徧明

第四道策問頗析疑是頗析折理析疑是析理土圭之影影合作景

國學試策第一道是二帝策題作實二帝